小說

下一站，天國

小説ワンダフルライフ

是枝裕和
Hirokazu Kore-eda

目次

星期一 Reception／迎接

（左腳的腳尖好冷。大概只有那個部位在棉被外面吧。小時候我常常因為睡相不好，被母親責罵。）

里中詩織把失去知覺的腳縮回棉被，和另一腳的腳尖摩擦在一起，然後在床上把眼睛睜開一道縫。

早晨的陽光射入房間裡，慵懶地在牆壁上搖晃。這座設施的三層樓建築整棟都很老舊，原本就有縫隙會吹進風，再加上她的房間位於頂樓單獨突出的部分，因此冬季期間格外寒冷。射進來的陽光也還沒有太強烈的自我主張，房間裡的空氣和窗外一樣冰冷。

或許因為如此，她在棉被裡感覺格外暖和。她吸入枕頭上隱約浸染的自己頭髮的氣味，再次閉上眼睛。窗外和設施建築內，仍舊殘留著些許夜晚的靜謐，沒有開始活動的跡象。

她喜歡在棉被裡度過的這段分不清夜晚或早晨、只屬於自己的時間。經過大約三十分鐘幸福的賴床時間之後，她總算從床上爬起來，開始進行出門的準備。她在房間裡小小的洗手臺洗臉刷牙，並換上制服。制服是據說用牽牛花還是其他花染色的淡紫色連身裙、以及深藍色的圍兜式圍裙，沒有任何裝飾，非常單純。不過她還是覺得，比起來這裡之前穿的高中制服，這套制服的品味已經好很多了。她穿上厚襪子，把雙腳塞進繫鞋帶的皮靴，然後穿上沉重而硬邦邦的深藍色外套，一隻手拿著愛用的筆記本和素描簿，打開房間的門，走下樓梯前往辦公室。

辦公室在二樓朝北的邊間，和詩織的房間差不多一樣冷，房間角落的火爐裡已經點了火。或許是因為剛點火，一開始特有的煤油氣味仍舊殘留在四周，橘色的火焰也仍舊昏暗而混濁，發出「噗、噗、噗」的聲音，彷彿很困難地在呼吸。

早起的杉江像平常一樣第一個到，已經開始在打掃。

「早安。」

杉江看到詩織，也沒有停止用抹布擦桌子，只是用簡短的招呼表達「太晚了」的意思。詩織就像在學校走廊上遇到棘手的老師時那樣，口中喃喃回應不成打招呼的言詞之後，自己也加入打掃工作。這間辦公室大概有小學教室那麼大，後方牆壁上掛著黑板，中央有五人份的木桌，上面擺了檯燈、電話等，氣氛感覺像鄉下小學或鄉公所之類的地方。

詩織至今仍舊記得，她在大約一年前第一次踏入這間房間時，就有莫名的懷念感覺。她自己生長在東京，因此她猜想自己感受到的懷念，大概來自以前在電視劇或電影看到的舊教室之類的。

詩織拿了拖把，來到唯一有陽光照射的窗邊，像是依戀著棉被的溫暖般，在陽光中走來走去。看到她無心工作的態度，杉江似乎是要刻意表達不滿般，脫下外套、把深藍色的襯衫袖子捲到手肘部位，以慍怒的表情繼續用抹布擦拭。杉江卓郎大概四十出頭，個性有些喜愛譏諷，再加上高壓的態度，讓詩織覺得很難相處。

「大家早！」

「大家早安。」

隨著重重的腳步聲，兩名男子進入房間。他們是詩織的同僚，川嶋和望月。詩織得以結束和杉江獨處的時間，內心鬆了一口氣。

「早安。」

杉江瞥了兩人一眼，仍舊以帶有「太晚了」意味的語氣打招呼。然而川嶋沒有理會他的暗示，愉快地繼續和望月對話：

「那個叫山田的老先生，一開始就聊性愛的話題，從他十七歲的第一次經驗一直說個不停，可是最後他卻選了跟太太去溫泉旅行的回憶。也不可憐可憐我，被迫聽了整整三天性經驗的話題。」

「不過感覺滿溫馨的。」望月照例以穩重的笑容回應。

「那為什麼不一開始就選這個？浪費我這麼多時間，真受不了。」

川嶋雖然這麼說，但仍舊露出跟平常一樣親暱的笑容，因此他應該不是真的討厭那個叫山田的男人。川嶋大約三十出頭，望月則大約二十多歲。

詩織以視野角落捕捉對話中的兩人，表面上裝作毫無興趣的樣子。川嶋和望月脫下外套掛在椅子上，加入使用抹布的行列，但詩織仍舊望著窗外的景色，沒有打算要離開窗邊。不只是辦公室，這座設施的所有窗玻璃都很老舊，表面有凹凸不平的波紋。窗外銀杏樹叢的樹葉已經完全轉黃，並幾乎掉光了。由於玻璃表面彎曲的關係，這幅風景中的黃色與褐色融在一起，感覺有點像是夢中景象。透過玻璃射進來的陽光，也呈現有些特殊的搖動。

之前詩織不小心打破樓梯平臺的窗玻璃時，中村所長雖然沒有發怒，不過卻以遺憾的口吻拿著破掉的玻璃說：「這個已經很難買到了。」

詩織望著和平常一樣的窗外風景，想起這樣的往事。

這時門外傳來踩下地板發出的「嘰—嘰—」聲。中村所長踏著緩慢的步伐，搖晃著身體走進辦公室。

「大家早安。」

中村用偏高而具有特色的聲音，和大家打招呼。

「早安。」

四人停止打掃，挺直背脊面向中村。矮小的中村被杉江、川嶋、望月等人包圍，看起來更小了。

他一大早就穿上正式的深藍色西裝並繫上領帶，裡面穿上成套的背心。衣服上的鈕釦彷彿隨時要彈開，圓滾滾的肚子感覺像是勉強用背心支撐住，避免掉下來。不過他的肚子和總是帶著親切笑容的圓臉剛好呼應，因此詩織覺得也算是取得平衡。

中村確認所有職員都到齊之後，往下瞥了一眼手中的文件，開始說話。

「上週的十八個人都順利送走了。這都要歸功於各位的努力。十二月很快地已經進入第二週。本週的人數比較多，一共有二十二人。」

聽到二十二這個數字，川嶋誇張地扭曲臉孔，像是在喊「天哪～」。

「川嶋，八人。」

「好的。」

「杉江，七人。」

「好的。」

「望月也是七人。」

「好的。」

「分配方式就是這樣。我的報告就到這裡，請各位這個星期也多加油。」中村說完，看著每個職員的臉，然後像平常一樣露出微笑，離開辦公室。

剩下的四人再度開始打掃。

「二十二人，未免太多了吧？」川嶋邊說邊用抹布擦拭自己的桌子。

「冬天難免會比較多。尤其是老人。」杉江以無可奈何的口吻喃喃地說。

「忘了是哪時候，曾經一次來三十多個人。」川嶋說完，顯得有些若有所思。

望月看著川嶋的臉說：「那是一月的第三週。當時下了大雪。」

「沒錯沒錯，當時真的很辛苦。」川嶋回應之後，稍微改變語氣，沒有對特定人說：「話說回來，為什麼只有我是八個人？不公平。」

「你必須多累積經驗才行。這也是中村先生對你的愛呀！」杉江像是在挑他毛病般嘲弄他。

「我的經驗很夠了吧？我來這裡已經三年了。」

「可是你的技術沒有進步吧？中村所長雖然看起來那樣，不過觀察得還滿仔細的。」

「你這個說法真過分。」

川嶋和杉江每週例行的拌嘴又開始了。望月溫和地看著兩人對話，默默地繼續打掃。聽著三人的對話，詩織感到辦公室裡原本寒冷凝滯的空氣變得稍微溫暖一點。

然而她也不知道是因為火爐的關係，還是因為大家的對話。

鏗、鏗、鏗、鏗、鏗。

瀰漫霧氣的入口響起金屬敲擊聲，就好像在用槌子敲下宛若方糖般凝固的冬季嚴寒。設施的入口旁邊，有一座宛若派出所般孤立的警衛室，入口掛著小小的鐘。一名又瘦又高、感覺有點像蚱蜢的男人或許就是警衛，正在搖動從這口鐘垂下的繩子。就好像以鐘聲為信號般，白霧後方浮現朦朧的人影。人影的輪廓逐漸變得清晰，朝這裡一個跟著一個緩緩走來。設施的石造建築宛若舊醫院般矗立著。瀰漫在附近一帶的霧氣遮蔽早晨的陽光，用水擦得很乾淨的入口黑色地板也蒙上陰影。或許因為如此，建築給人的印象感覺更加冰冷。

首先到達的男人有些遲疑地在石階中途停下來。

入口的右手邊，掛著寫了「櫃檯」的木牌。

「早安。請到這裡來確認名字。」

櫃檯小窗戶後方有位女性親切地呼喚。聽到這個聲音，男人似乎總算拋開猶豫，爬上剩下的石階，從小窗戶窺視裡面。

「我叫高橋輝政。」

他的年紀大概超過八十，身材矮小，有些駝背。由於處在逆光的位置，因此從建築裡面幾乎只能看見他的輪廓。

櫃檯的年輕女孩穿著和詩織一樣的制服。她的手指在手邊的文件上移動，確認他的名字確實在名冊上之後，從窗內伸出雙手，把類似澡堂寄鞋牌的木牌遞給他。

「高橋先生是三號。請由入口進去，在右手邊的等候室稍等。」

第一位訪客進入建築中，接著出現的是一位女性。

「我姓郡。」

這位女士大約七十歲，頭髮剪得很短，穿著看起來很溫暖的深藍色開襟毛衣。

「您是郡與彌女士吧。這是二號的牌子。」

來到這座設施的人大多是老人，不過其中也有幾個十幾歲或二十幾歲的年輕人。他們的聲音和腳步聲出現在入口處，然後一個接著一個進入建築內。不斷重複的景象彷彿是某種開始，也很像某種結束。就這層意義來看，這裡和人們出生或死亡的醫院或許也有些相似。

不知道經過多久的時間，從霧裡出現的人最後似乎都順利被引導進等候室。入口外面的霧似乎正等著這一刻，消失得無影無蹤。

被引導入等候室的人，各自坐在火爐周圍的棕色皮革長椅上。窗外是設施中庭，不過或許因為是一大清早，室內顯得很昏暗，空氣感覺也有些混濁。木地板經過細心打蠟，牆上掛著一幅印象派風格的風景畫。

一名個子很高的青年站在窗邊，看著中庭的景象。其他二十一人頂多偶爾發出咳嗽聲，彼此都沒有交談，靜靜等候接下來要發生的事。

過了一陣子，先前在櫃檯的女性拿著文件來到等候室。把手伸到火爐前方取暖的人，以及窗邊的青年，都轉向她的方向。她就像進入教室的老師，環顧整間教室之後，朝大家鞠了一躬。

原本安靜的室內變得更安靜了。

「大家早。歡迎各位來到此地。接下來要開始進行上午的面談。我們會依照各位手中的木牌號碼，依序呼叫每個人的名字，請大家先在這裡等候。首先是號碼牌一號的多多羅君子女士。請在上階梯之後，進入右邊的面談室Ａ。」

一名個子嬌小的女性站起來，把拿在右手的木牌舉到臉的旁邊。這時原本安靜坐著的其他人紛紛開始檢視自己的木牌，或是窺探隔壁的人的號碼，房間內的空氣首度產生流動。

走出辦公室，沿著正面的走廊前進一段距離，就是並排的幾間面談室。最近的面談室A與B隔著走廊位於左右兩側，稍遠一點、剛好在ㄇ字形的設施盡頭的地方，C與D的面談室同樣位在左右兩側，不過面談室D已經有一年半沒有使用。

面談室A的門旁，掛著寫上職員名字「望月隆」和「里中詩織」的牌子。房間的面積大概是學校教室的一半，靠牆有兩座書櫃和一座文件櫃，書櫃上方放了一個舊地球儀。面談用的大桌子放在窗邊，另外也有望月與詩織，以及訪客用的椅子。

望月已經坐在椅子上，閱讀今天要面談的七人份的文件。詩織則站在窗邊，翻閱看起來很沉重的百科全書。不過看她的姿態似乎不是在查詢某樣東西，而是為了打發無所事事的時間。她原先的確只是想要打發時間。在來到這座設施之前，詩織並沒有閱讀文字的習慣，不過一旦開始閱讀，由於書中也有許多插圖與照片，因此她便迷上了閱讀的樂趣。她在今年秋天從第一卷第一頁的「藍」開始閱讀，現在總算達到第三百八十五頁的「非洲」（註1）。

（反正只有時間多到不行。）

詩織暗中抱著孩子氣的願望，不論花幾年都要讀完這套共三十一卷的百科全書。

當她正要展開折起來夾在書中的非洲地圖時，聽到有人在敲面談室的門。

1　一般日文百科全書依五十音排列，「藍」與「非洲」的第一音皆為五十音的第一個「あ」。

「請進。」望月穩重而沒有稜角的聲音迴盪在室內。

詩織闔起書本，把在腦中正要展開的非洲地圖也一起夾在百科全書裡，走到望月隔壁的椅子坐下。門把緩緩轉動，從門後方出現剛剛那位身材嬌小的女性。她穿著棕色大衣，戴著同色系的帽子，年紀大概是七十多歲後半。不過詩織從她的舉止和表情，得到像少女般的印象。

望月指著入口旁邊的衣架說：「請把大衣掛在那裡。」

女人在門前稍稍鞠躬，脫下大衣與帽子。大衣下方也是同色系的套裝，看得出她高雅的服裝品味。她的頭髮剪成短髮，髮色是接近透明的銀髮。她踮起腳尖、想要把脫下的大衣和帽子掛在衣架上時，從兩件式套裝的外套下襬稍稍露出鮮紅色的毛衣。她似乎很在意頭髮變亂，一邊用右手撫平，一邊走到兩人面前，以緊張的表情再次鞠躬，然後縮起身體坐在訪客用的椅子上。她在坐下之後，胸口以下都被桌子遮住。

「您是多多羅君子女士吧？」望月也稍稍彎下腰，把視線移到與她一樣的高度對她說話。

「是的。」

「首先要請問您的出生年月日。」

「我是大正九年四月三日出生。」
「這麼說，貴庚是——」
「七十八歲。」（註2）
望月在文件上寫下出生年月日與年齡，然後緩緩抬起頭，對她切入正題：
「我想您應該大概了解現在的狀況了，不過為了慎重起見，還是要再說明一次。多多羅君子女士——也就是您，已經在昨天過世了。請節哀。」
望月說完，稍稍低下頭。在他旁邊聽這段說明的詩織也像平常一樣，配合他最後一句「請節哀」一起低頭。
多多羅女士似乎不知該如何對眼前的情況反應，猶豫了片刻，不過很快地也鞠躬回禮說：「謝謝你這麼體貼。」
她的回應就像家人在守靈或辦喪禮時，對前來弔唁的死者朋友致意，讓詩織覺得有些好笑，不禁在內心噗嗤地笑出來。
「多多羅女士，您將會在這裡待一個星期。每個人都會有自己的房間，請好好休息。不過在這裡的期間，有一件事必須請您來做。」
多多羅女士聽到望月的說明，臉上頓時增添緊張的神情。

2　大正九年為西元一九二〇年，本作品的電影版為一九九八年上映，因此是七十八歲。

「我們希望您能夠從七十八年的人生當中，選擇一個自己最珍惜的回憶。各位選擇自己的回憶之後，會由我們這裡的職員盡可能重現並拍成影片。到了星期六，我們會在試映間播放這些影片。在您清晰喚起這段回憶的瞬間，就會只將這段回憶留在心中，前往『那一邊』。您可以把這裡想做到達那裡之前的中繼站。」

望月等候對方反芻並理解自己的話，並緩緩地繼續說下去：

「不過很抱歉，您必須在限定時間內完成。我們希望您能夠在三天內做出決定。今天是星期一，所以請您在星期三的日落前選出回憶。這裡的職員也會協助您做出選擇。我是負責為您服務的望月隆。」

「我是他的助理，里中詩織。」

兩人說完，再度低下頭。

望月至今為止已經做過無數次同樣的說明。這星期他也再次像這樣對每一位死者進行說明。

聽完這段說明之後，死者出現的反應各不相同。有人無法接受自己已經死亡，有人會感到懊悔，有人會生氣，有人會笑，有人會沉默不語，有人會慌張，有人會掛念留下的工作與家人；然而過了一段時間，幾乎所有人表面上都會乖乖接受自己死亡的事實，認真進行選擇。

詩織經過一年以來接觸這樣的人之後，大概可以憑第一印象猜到這個人會不會在期限前做出決定。她雖然掛名助理，不過大部分的工作都可以由望月一人完成，因此她便坐在一旁，在素描簿上畫死者的速寫，並且用○╳△來進行預測遊戲。別人看了或許會覺得不夠莊重，但是她如果不做這些事，就會不知該如何打發在這裡的白天時間。

＊

「這樣啊……原來我已經死了。」

這天第六個造訪面談室的山本修司聽完望月的說明，低頭看著桌面喃喃地說。他的年齡是五十歲，身穿深灰色西裝並繫了藍色領帶，外面再套上形容為老鼠色最貼切的緊身雨衣。他的頭髮已經變得很稀疏，看起來比實際年齡還要老一些。

「是的，很遺憾。」

望月以同情的口吻回應，山本先生總算抬起視線，似乎是要阻止他繼續說下去。

「沒什麼好遺憾的。反正繼續活下去，今後也不可能會發生什麼快樂的事。」

他一口氣說完，再度把視線放回桌面，嘴角泛起奇妙的笑容，不知是在自嘲或是在諷刺。

*

這天最後造訪面談室的，是一位名叫渡邊一朗的七十歲男性。他穿著黑色高領毛衣和灰色外套，打扮很隨興，不過並沒有給人時尚的印象，比較像是樸實寡言、個性認真的類型。他現在已經退休了，過去則長年在鋼鐵相關的公司上班。渡邊先生聽完望月的說明，用力搓著所剩不多的頭髮及嘴巴周圍的白鬍鬚，用開朗的語氣說：

「呃，也就是說，要找快樂或高興的回憶吧？這個嘛，當然有很多。我雖然不認為自己的人生百分之百順心如意，不過自認也充分燃燒了自己有限的生命、或者應該說能量；家庭和工作雖然平凡，但也還算充實吧。至少我是這麼想的。」

渡邊先生像這樣說了一陣子，最後像是要說服自己般深深點頭。

同一時刻，川嶋正在隔壁的房間進行面談。

川嶋的資歷較淺，因此在說明時花了較多工夫，他負責的死者也常常出現無法遵守期限的情況。他甚至相信中村所長故意將難搞的死者都分配給他。

他此刻才剛剛對伊勢谷友介這名青年說明完畢。他被告知自己死了，也完全沒有悲傷的樣子，只是嘻皮笑臉。川嶋不禁產生不好的預感。

「原來大家都會到這裡。不管生前做壞事或做好事都一樣。小時候大人說『做壞事會下地獄』，其實沒這回事嗎？是騙人的嗎？原來大家都會到這裡！真有趣。」伊勢谷說完，充滿好奇地環顧室內。

川嶋似乎不知該如何應付他，用手中的原子筆尾端搔搔頭。

川嶋負責的這間面談室C位於朝南的邊間，面對小小的中庭。由於日照充足，窗邊擺了很多盆栽，雖然不知道種類，不過開出了紅色與黃色的鮮豔花朵。在冬季期間，中庭的樹葉都凋落了，設施中到處都失去色彩，來到此地的死者服裝也大多是灰色或棕色等低調色彩，因此多虧這些美麗的花朵，讓這裡陰鬱的氣氛稍微變得明亮。

不過此刻伸長雙腿、坐在川嶋面前的伊勢谷身上，卻穿著幾乎刺眼的桃紅色毛衣、銀色皮革夾克與褲子，比任何花朵都更強烈地引人注目。此外，他的髮型也像是被閃電劈中般豎起來。川嶋無從判斷那是睡覺時壓到的，或是為了打扮而刻意做出的造型，有好一陣子呆呆地盯著他的頭髮。

這時房間裡響起連續的金屬音。

川嶋一開始不知道聲音是從哪裡傳來的。當他豎耳傾聽，才發現好像是從伊勢谷的嘴裡傳來。

川嶋詫異地問：「那是什麼聲音？」

伊勢谷被詢問之後，似乎才想起眼前川嶋的存在，對他伸出舌頭說：「舌環。」驚人的是，他的舌頭正中央穿了洞，嵌入小指前端大小的銀色圓珠。

川嶋看到就皺起眉頭，一副很痛的樣子。

伊勢谷看到川嶋的反應，似乎覺得很有趣，用牙齒咬著舌環，發出比剛剛更大的聲音。

川嶋勉強在皺眉的臉上堆出笑容，問他：「伊勢谷，你在二十二年的人生當中……」

伊勢谷似乎正等著他開口問這個問題，迅速打斷他的話：「啊，我剛剛已經聽你全部說明過了，不過我不打算做出選擇。」

他果斷地說完之後，就只是繼續讓嘴裡的舌環發出「喀、喀」的聲音而已。

*

「不管怎麼說，男人當然是『那個』的時候最幸福。不管是問誰都一樣。你去找人問問看吧。」

庄田義助先生邊說邊觀察川嶋的臉，然後聳聳肩呵呵笑。他的年紀已經快要八十，卻穿著時尚的燈芯絨外套，胸前口袋露出領巾，擦得很亮的鞋子是白色與棕色雙色，一看就知道不是上班族或公務員。

「未必每個人都這樣吧。」川嶋被庄田爽朗的笑容壓制，但還是試圖反駁。

「那是在裝模作樣、虛張聲勢而已。這世上沒有比『那個』更好的東西。這是真的。像我啊，好像是在十六歲的時候吧，跟一個大我三歲的女人——那個女的有點豐滿，正合我的胃口——」

每週至少會有一個像這樣的老頭，所以川嶋也沒有特別驚訝或困惑的樣子，不過當負責的人數較多時，聽對方滔滔不絕地談跟女人的性愛經驗也很麻煩，因此川嶋內心暗想「又來了」，偷偷地小聲嘆了一口氣。

＊

這天最後造訪面談室C的，是一位名叫西村喜代的老太太。她的年紀應該早已過了八十，身上穿著暗紅色開襟毛衣和深棕色長裙，脖子上圍著金色刺繡的披巾；在金邊圓框眼鏡後方，一雙宛若溫和的大象的眼睛露出笑容。

房間裡已經陷入很長的沉默。

在川嶋說明時，以及說明完畢之後，她都不發一語，默默地望著窗外。在這段期間，夕陽逐漸西斜，中庭也籠罩在陰影中。白天一度變得暖和的空氣再度恢復寒冷。

川嶋走到入口，打開門旁的電燈開關。在裸燈泡的橘色光線照射下，川嶋才發覺夜晚已經在不知不覺中侵入房間裡。即便如此，西村老太太仍舊默默地坐著眺望中庭。川嶋覺得她好像看到自己看不見的東西，便沿著她的視線看過去，但只看到冬季枯萎的草木和一張看慣的白色長椅，和平常的景象沒有什麼兩樣。

剛好在這個時候，長椅旁邊的路燈也亮起橘色的燈光。

結束一天工作的職員應該都已經回到房間，度過各自的休息時間。二十二名死者此刻想必也在床上閉上眼睛，或是站在窗邊望著外面，開始回顧自己幾十年的人生。

燈光下，中庭的長椅浮現於黑暗中，影子延伸在乾枯的草坪上。詩織覺得它看起來就像未知的動物，或是博物館裡的小型恐龍骨骼，屏住氣靜靜躺在草叢中。被燈光照亮的長椅在那裡，使周遭的黑暗更顯得幽深。

詩織覺得從窗外望出去的夜景陰森森的有些可怕，因此拉上窗簾，把那幅景象逐出視野和腦中。她把素描簿、簽字筆、便條紙等丟到床上，彷彿這樣亂放才能讓她比較安心。接著她坐在這些東西之間，開始整理今天面談的死者資料。姑且不論這樣的資料是否能夠幫上望月，詩織身為助理的工作，就是要在今晚之內把資料交給他。

房間的一整面牆都貼了照片。這些照片大多是街景、路邊的花草，或是天上的雲，另外也有很多她的自拍照，應該是盡可能伸長拿相機的手拍的。剛開始拍的照片有很多都失焦，不過看她貼在牆壁上、還用紅色或黃色螢光筆寫上註解的樣子，她似乎對那些照片也頗為滿意。

書桌前方的牆壁上固定著小小的書櫃，不過上面沒有放書，而是陳列著不知從哪裡撿來、拳頭大小、形狀良好的石頭。這些石頭用水彩之類的顏料，畫上色彩繽紛的向日葵、小孩的臉、海裡的魚等圖案。

她做好手邊的工作之後，拿著整理好的資料很起勁地站起來。她在門旁的圓鏡子裡檢視自己，用左手整理兩三次頭髮，然後把手放在門把上。不過她在這時突然停止動作，似乎想起什麼，再度回到鏡子前面。她把臉盡可能貼近到鏡子，抓了幾根瀏海往上拉。接著她對著鏡子裡的自己點頭，好像在說「這樣就行了」，然後這回總算用力打開門，衝出房間。

噠、噠、噠、噠噠。

望月的房間在一樓，下了樓梯之後往右走到盡頭的地方。

詩織聽著迴盪在樓梯平臺的腳步聲，發覺自己有些太興奮。

噠噠、噠噠、噠噠、噠。

證據就是下階梯的節奏，跟心跳聲一樣逐漸加快。她把抱在胸前的資料用雙手重新拿好，雙腳併攏跳下最後一級階梯，然後用剩餘的短暫時間調整呼吸。

她來到房間前面停下腳步，用左手在門旁的窗戶敲了兩下。她的中指根部感覺到毛玻璃粗糙的質地，在震動的玻璃後方有黑影微微在動。

「有什麼事嗎？」玻璃後方傳來望月的聲音。

「我來送傳閱板。」

詩織說完用力打開窗戶。望月在房間另一邊的窗口，像平常一樣在閱讀。

他以溫和的笑容說「辛苦了」，並立刻站起來。詩織喜歡在這種時候只能看到一瞬間的他讀書的側臉。詩織打開窗戶的時機和望月站起來的時機，決定了能不能看到這張側臉。她今天成功了。望月來到窗邊，停在詩織面前。

「給你。」詩織把資料遞給他，把視線從他身上移開。

望月開始仔細閱讀她送來的資料。她偷看到望月背後的桌上有一本打開的書。她只瞥見書背是藍色的。望月的房間雖然打掃得很乾淨，但是牆壁都被書本淹沒到天花板，地板上也處處疊起一堆又一堆的書。除了床上之外，幾乎整間房間都被書本埋沒。或許也因為如此，這間房間總是給周圍的人一種拒人於千里之外的印象。

詩織總是只有像這樣從窗戶遞資料給望月，從來沒有進入過他的房間，而他似乎也連想都沒想過要邀詩織進入房裡閒聊。理由之一當然有可能因為她是女生，不過事實上，其他同僚和中村所長也沒有進入過他的房間。

夜晚的走廊上，只聽見翻資料的聲音。

詩織打破兩人之間短暫的沉默，問他：「你這個星期在讀什麼書？」

「這週在讀的是一本叫《R》的推理小說。」

「你還真能讀得下去。一週讀一本書，好玩嗎？」

詩織原本是因為讚嘆而說出口，不過句尾卻與自己的預期相反，感覺帶有諷刺的意味，讓她立刻感到後悔。

「我讀完之後，可以借給妳。」

「等我讀完現在讀的書再說吧。」

「妳現在讀的是什麼書？」

「《世界大百科辭典》。」

望月瞥了詩織一眼，但立刻又低頭讀手邊的資料。

（我在說什麼蠢話？應該只要講一句「謝謝」就好了。）

詩織立刻這麼想，不過她已經沒有勇氣再去主動打破二度來臨的沉默。而且望月對這段無可救藥的對話，似乎也沒有特別不高興的樣子，因此詩織決定在傷口擴大之前回到房間。

她低聲說「晚安」，也不確定這句話有沒有確實傳達給對方就轉身離去，以和來時完全不同的沮喪心情走在走廊上。她覺得望月好像在背後說了一兩句關於資料整理方式的建議，不過她的耳朵已經聽不進去了。她沒有為了望月的話回頭，只是含糊地回應，然後拖著沉重的步伐走上剛剛跑下來的樓梯。

掛在樓梯平臺天花板上的燈，把她的影子投射在有些骯髒的牆壁上。她抬起頭，看到眼前就是自己之前打破、只有那裡換成新玻璃的四方形窗戶，彷彿還沒有融入四周而顯得孤單寂寞。

望月帶著傳閱板造訪川嶋的房間時，川嶋正在房間窗外的陽臺修剪盆栽。陽臺面積大約有十平方公尺，設置在陽臺的架子上陳列著盆栽。他右手拿著剪刀，專注地與盆栽格鬥，甚至沒有聽到望月的敲門聲。

望月因為沒有得到回應，只好自己開門進入房間，看到川嶋在陽臺，便從窗戶探出頭，對他說「晚安」。

川嶋聽到聲音才發覺望月來了，對他說了聲「喔」，然後把手中的剪刀放在一旁，從窗戶跳回自己的房間。川嶋用繞在脖子上的毛巾擦拭雙手，笑嘻嘻地對望月說「謝啦」並接過資料。不過他沒有閱讀這些資料，直接把它們放在桌上，立刻又回到外面的陽臺。

「這星期怎麼樣？」望月以親暱的口吻朝著川嶋的背影問。

「有個傢伙感覺滿麻煩的。」川嶋開始把修剪完畢的盆栽搬到室內。「他叫伊勢谷，是二十二歲的打工族，具有莫名其妙的自信。我特別不擅長應付那類型的人。你呢？」

「我那邊大概有兩個吧。」

「兩個？」

川嶋左右手各拿一盆盆栽，從窗戶遞給望月；望月也以習慣的態度，把盆栽依序放在窗邊的地板上，或釘在牆壁的木製架子上。

「一位叫山本的五十歲男性，還有一位叫渡邊的七十歲男性。」

「兩個就很辛苦了。他們是什麼樣的人？」

「他們都是上班族，沒什麼明顯的特色。」

「喔，那種人在關鍵時刻最容易猶豫了。」

川嶋點了兩三次頭，一副自己也有經驗的樣子。

排列在房間裡的大小盆栽總共有三十盆左右。一幅櫻花盛開的圖畫看似隨興地靠在牆上，大概是他自己畫的。或許是因為最近才剛開始畫畫，運筆還不是很確實，不過櫻花花瓣以白色、淺粉紅、深粉紅三色的油畫顏料仔細上色，從作品中可以感受到他的執著。

川嶋把最後一盆盆栽遞給望月，再次確認有沒有忘記收回房間裡的盆栽，然後關掉掛在陽臺上方的燈泡開關。接著他一屁股坐在靠窗框放置的梯子最上層，拿起擺在窗邊的盆栽，用毛巾仔細擦拭一片片葉子。看著他的動作，望月心中也湧起溫柔的心情。

「接下來哪一盆會開得最漂亮？」望月拿起花苞前端稍稍露出紫色的盆栽問他。

「這個嘛，現在應該是仙客來吧。蘭花最近也可以輕鬆取得，另外像山茶花也不錯。到了下個月，梅花也會開得很漂亮。」

川嶋很高興望月對盆栽感興趣，心滿意足地環顧房間回答他。川嶋的老家據說是在隅田川沿岸歷史悠久的盆栽店，但他對於家庭事業沒有興趣，高中輟學之後就跑去拳擊館練拳，或是去當實習的建築工人。

不過他在來到這座設施之後，為了打發時間，在中庭灑下波斯菊的種子，成為迷上種花的契機；就連從前很討厭的園藝剪，現在也能靈活運用。

「果然是老鼠的兒子會打洞。」川嶋笑著這麼說時，臉上似乎帶著些許後悔。望月猜想，川嶋大概在生前造成父母很大的困擾，因此現在種這些盆栽，或許也是他表達孝心的一種方式。

他們在白天因為忙於應付死者，不太有機會彼此交談，因此夜晚的這個時間是很寶貴的資訊流通機會，也是交流的場合。職員當中也有人提議過要廢除傳閱板這種古老形式，改用現在流行的簡訊，不過最終因為中村所長的判斷，留下這個麻煩的習慣。

（就如杉江說的，中村所長看似什麼都沒有想，不過或許其實想得滿多的。）

川嶋和望月聊著花的話題，腦中忽然產生這樣的想法。

杉江的房間瀰漫著紅茶的味道。拿傳閱板過來的川嶋坐在房間中央的圓桌前。杉江站在水槽旁邊，使用川嶋不知道名字的銀製器具正在泡紅茶。

放在茶壺旁邊的沙漏無聲地記錄時間，大概是在計算泡茶時間。窗邊的大型餐具櫃中陳列著許多茶杯，據說是Minton、Meissen、Wedgwood、Ginori的高價茶杯，不過川嶋當然不會分辨這些品牌。他對於紅茶的知識，就只有分辨奶茶和檸檬茶的差別而已。

即便如此，當他送傳閱板來時，杉江替他泡的紅茶仍舊很好喝；而且平常總是嘲諷他工作表現的杉江，只有在這時候會以紳士的態度對待他，也讓他感到高興。

杉江雖然對熱中的事物會徹底鑽研，但也很容易喜新厭舊，因此對紅茶的熱情也不知會持續到什麼時候；不過這幾個月以來，杉江每天都早早結束下午的面談，窩在房間裡獨自泡紅茶。今天也不例外。當川嶋面對伊勢谷和庄田先生抱頭苦惱的時候，杉江已經迅速對七人說明完畢，回到房間裡閱讀紅茶相關的古代文獻。

話說回來，杉江並沒有怠慢工作，成績也遠比川嶋來得好，因此川嶋也無法違逆他說的話。

不過關於杉江有一項有趣的傳言。他的房間裡的裝潢家具都很有品味，但其中卻只有一件擺飾顯得格格不入。那是一隻巨大的陶製德國牧羊犬擺飾，通常擺在床的旁邊，不過今天卻放在門旁，像是在看門般看著這裡。職員之間傳言，杉江平常雖然很少談起自己的事，可是當他自己一個人獨處時，就會對這隻德國牧羊犬談各式各樣的話題。川嶋一開始覺得不可能，但是有天晚上，當他在比較晚的時間從浴室回自己房間時，經過杉江的房間前面，聽到裡面傳來愉快的說話聲。

川嶋一開始以為是望月或中村造訪杉江的房間，不過看樣子杉江的房間裡只有他一個人。川嶋覺得站在外面偷聽也不太好，因此直接回到自己房間。從那次之後，川嶋就比以前稍微喜歡杉江了。

沙漏的沙子全都落下之後，杉江把裝了紅茶的茶壺與加熱過的兩個茶杯放在托盤裡端來。茶壺與茶杯都是同樣的白底深藍色唐草花紋，因此川嶋以為是中國製的茶具。

「這是皇家哥本哈根。」杉江把紅茶倒入茶杯裡，對狐疑地看著茶杯的川嶋這麼說。

「喔，原來是皇家哥本哈根。」川嶋雖然這樣附和，不過他不知道這是他在意的茶杯名稱，或是紅茶的種類。

兩人隔著桌子沉默不語。房間裡只有啜飲紅茶的聲音。杉江顯得很滿足，德國牧羊犬也默默地看著兩人。到頭來川嶋又喝了一杯紅茶，總共喝了兩杯。

叭。波卜。

杉江整理好所有人的文件、來到中村的房間時，他正在保養他心愛的伸縮喇叭。不論聲音狀況好壞，他每週一定會將這支長年使用的樂器分解、擦亮，然後再組合回去。中村的房間在辦公室正下方的一樓較遠的邊間，因此即使像這樣在深夜發出一些聲音，也不會造成周圍困擾。

中村不愧是所長，房間裡的家具不論是書桌或床，都是頗有年代的木製品。牆上的畫框裡放的是某位知名音樂家的樂譜手稿。在這些堪稱古董的物品當中，也可以看到電腦和數位產品等，充分展現他喜歡新東西並保留孩子氣的個性。

杉江把傳閱板放在桌上，原本想要直接走出房間，中村卻停下來對他說：「杉江杉江，要不要來下將棋？一盤就好。」

他邊說邊指著床邊的桌子，桌上的棋盤已經整齊地排好棋子，彷彿已經等待對手很長一段時間。這些棋子和棋盤似乎也已經使用幾十年，步和香車等文字都已經不太容易辨識了。

「你可以跟警衛下棋吧。你們不是很要好嗎?」杉江一副嫌麻煩的口吻說。

聽他這麼說，中村便露出鬧彆扭的表情，收回指著棋盤的食指搔搔耳後。

「咦?你們又吵架了?」

杉江嘲弄地追問，中村就像惡作劇被發現的小孩，把原本就圓滾滾的身體縮到更圓，彷彿無處容身，然後無奈地繼續保養他的伸縮喇叭。

卜波。卜波叭。

伸縮喇叭發出的聲音聽起來也有些尷尬。

警衛結束夜間巡邏回到房間，把手電筒掛在牆上，一副很冷的樣子摩擦雙手，把放在腳邊的火爐的火調得更大。火焰發出「霍」的聲音搖了一下，然後宛若在調色盤上加入一滴白色水彩、用筆調和般，火焰的橘色變得更加明亮。

他在火焰旁邊暖和凍僵的身體之後，重新坐在椅子上，拿了一本書。度數很深的黑框圓眼鏡後方，一雙小小的眼睛盯著這本書。封面的文字是「追求勝利的將棋死活題」。檯燈照亮的辦公桌上放著薄薄的將棋盤。他把一顆顆棋子拿在手上，然後比照書本排列在棋盤上。

啪。

啪！

（聲音真好聽。）

警衛這麼想。自己抓起的棋子發出震撼夜空的美好聲音。這樣的震動透過指尖，也傳達到他的身體。

在這樣的時候，他會產生很奇妙的感覺，彷彿自己的身體融入周圍，自己以外的東西流入體內。他很喜歡獨自度過的這種孤獨的夜晚時光。

（明天一定會更冷。）

警衛抬頭望著夜空這麼想。漆黑的夜空閃爍著無數藍白色的星星，看起來就好像空氣凝結成冰之顆粒，隨著「啪」的聲音冷到發抖。

就這樣，跟平常一樣的星期一結束了。

星期二　Remembering　回想

渡邊一朗先生在設施的床上醒來，看到天花板不是平常看慣的樣子，一時之間搞不清楚自己目前的狀況。他看到白色灰泥牆壁、聞起來像剛洗過的枕頭和床單、小小的洗手臺和鏡子，還有射入早晨陽光的西式窗戶和未染色的窗簾。

渡邊先生在濃霧逐漸消散的腦中，把錄影帶倒帶，重新反芻昨天那位名叫望月的青年做的說明。

（對了，我已經死了。）

這間房間大概有六個榻榻米大，地板是木板，只有洗手臺周圍鋪淺藍色與白色磁磚。渡邊先生茫然地看著磁磚的花紋，想起自己昨晚沒有洗臉就上床了。他以前出差住在飯店、早上醒來時，有時也會像這樣處於混亂狀態，不過這座設施比那些飯店感覺更溫暖，更重要的是沒有飯店特有的塵埃味。也因此，他能夠以更清爽的心情迎接早晨。

死者的房間並排位於面向中庭的設施一樓，門上掛著和木牌同樣的號碼牌。渡邊先生的房間是二十號。

打開窗簾，就看到在中庭另一邊，也有一座和他此刻所在的建築同樣古老的建築，不過那一棟建築裡似乎沒人，看來現在應該沒有使用。渡邊先生的妻子已經過世很長一段時間，因此他早已習慣自己一個人上床或起床、不跟任何人說「晚安」、

「早安」的生活，最近也不太會因此感到寂寞。他並非相信地獄與極樂世界的存在，但他原本朦朧地認為，死後的時間與空間應該更加脫離日常才對，因此處在這個和生前沒有太大差異的空間，或許也讓他對於死亡的自覺變得稀薄。

他從床上起身，在洗手臺粗暴地用冬天早晨冰冷的水洗臉，然後用毛巾使勁摩擦。鏡子裡自己的臉跟平常一樣，斑白的頭髮已經稀疏，眉毛從滿久以前也已經長出白色的毛，額頭和眼尾都有深深的皺紋，臉頰鬆弛而沒有張力。他原本以為自己不論在肉體或精神方面，都比同世代的男人更年輕，但是重新檢視自己，就覺得很符合七十歲這個年齡。他感觸良多地凝視自己的臉之後，用確認的口吻對鏡中的自己喃喃地說：

「這段人生滿好的吧。」

西村喜代女士在中庭散步，踩在積得厚厚的落葉上。陽光形成斜斜的條紋，中庭也有幾處陽光普照的地方，不過天氣應該還是很冷。然而西村女士卻毫不在意地走在樹木之間。她不知從哪裡找來白色塑膠袋，像手提包一樣掛在手肘部位。她不時會蹲下來，從落葉之間撿起橡實或樹果之類的東西，拍掉上面的泥土或垃圾，拿在手上端詳，喜歡的話就小心翼翼地收進袋子裡。她的姿態顯得很愉快，簡直就像天真無邪的小女孩在嬉戲。

（如果她喜歡這裡，那就好。）

川嶋從面談室望著她的身影這麼想。

既然人都已經死了，川嶋不認為這個場所對死者來說有太大的意義，不過既然要一起度過最後一星期，就算不能快快樂樂地度過，至少也希望彼此能夠相處愉快。他希望他們在離去時，會覺得這裡是好地方。

川嶋望著西村女士在樹木間忽隱忽現的身影。

（待會去接她吧。）

這一天首先來到川嶋的面談室敲門的，是一位名叫金子良隆的中年男子。金子先生把偏長的頭髮旁分，眼鏡後方的雙眼具有銳利的光芒。他的職業是攝影師，據說擁有自己的攝影工作室。他的身材高大，挺直背脊，有些緊張地坐在椅子上，朝川嶋開始說話。

「我的人生當中沒有太多的感動，相當平凡。硬要說的話，我現在覺得小時候最幸福了。」

「小時候。」川嶋以確認的語氣複述一次。

「是的。」

「大概是幾歲的時候？」

「這個嘛，應該是國二左右，暑假的前一天。我是在下町長大的，雖然住家離學校不遠，不過每天都搭都電的路面電車上學。」

「下町的哪一帶？」

「我的學校在御徒町，家住在根津，當時雙親都還健在。雖然家境不太富裕，應該算是貧窮，不過周圍的人都比現在更窮，而且又是小孩子，所以完全不在意。當時很幸運地，學校成績也不錯，給父母親看成績單也不會被說什麼。明天就是暑假，可以盡情地去玩。暑假作業我打算在八月三十日或三十一日再做，所以沒有任何束縛，無憂無慮。我大概在中午左右搭上電車，當時駕駛座旁邊的窗戶是打開的，所以我就站在最前面，全身迎著從車窗吹進來的風。那種解脫感，在後來的人生大概都沒有再體驗過了。」

金子先生感觸良多地說完之後，緊張情緒似乎緩解許多，首度露出些許笑容。

「我經過的地方剛好是上野不忍池的街道，周圍一片綠意，電車一直行駛在很涼爽的樹蔭下。那裡是獨立的都電專用軌道，只要五、六分鐘就能到達一般市區。行駛在專用軌道的時候，不會碰上汽車，所以速度也很快。當時因為時間還早，所以車內很空，想要坐下來也有座位，可是我卻特地站在最前面。」

「從都電的車窗可以看到什麼樣的風景？」川嶋詳細詢問當時的情景。

「我沒辦法想起具體的畫面，不過我印象中沒有鮮豔的色彩、積雨雲、蔚藍的天空之類的。在我的記憶裡比較像是黑白照片，沒有繽紛的色彩。昨晚我在棉被裡，不知道為什麼，想起了奔跑在不忍池畔自然風景中的回憶。」

「你記得在都電車廂中聽到什麼聲音嗎？」

「我聽到的是都電很吵的行駛聲。」

「有沒有聽見蟲叫或蟬叫之類的？」

「嗯，周圍有很多蟬在叫。因為是行駛在樹木之間，所以應該會聽到很多蟬叫聲。」

「你記得有什麼樣的氣味嗎？」

「氣味？應該沒有很具體的強烈氣味吧。」

說到這裡，金子先生突然安靜下來，像是自言自語般地說：

「現在回想起來，我活了五十六年，人生當中都沒什麼戲劇性的場面。法文不是有句話說“C’est la vie”嗎？意思是『人生就是這樣』。回顧自己人生的時候，最先想到的果然還是這句話。」金子先生說完，以有些寂寞又有些懷念的奇妙表情笑了。

＊

「只能選一個回憶滿難的，不過最具有決定性的，應該是自殺未遂事件吧。」高橋輝政先生坐下之後，如此切入話題。

高橋先生把據說是昨晚在房間整理的筆記放在膝上握緊。筆記最上方寫著「大正二年七月二十六日出生」，然後依照年代順序，仔細寫下自己從出生到現在的八十五年軌跡。從他工整的字跡，可以看出他不愧是當過老師的人。

「你說的自殺未遂，是在什麼時候？」因為內容比較敏感，川嶋慎重地選擇說法詢問他。

「二十歲的時候，昭和九年十一月四日。」

川嶋屈指計算，然後在文件上寫下一九三四年。「原因是什麼？」

「有很多，其中之一是父母親的爭執。家裡永遠都在吵架。我當時認為原因出在父親。他很剛愎自用，一不滿意就會立刻對母親咆哮。也因為這樣的家庭環境，讓我一直覺得自己很孤獨，再加上我在國中時的好友也病故了，死因是肺結核。另外還有失業的痛苦。我在國中畢業之後，和父親吵架，有一陣子離家出走。我住宿在阿佐谷的《都新聞》派報所工作，半工半讀就讀日本大學的預科，後來從該大學的經濟學系畢業，可是卻找不到工作，只好吞下淚水回家依靠父親。不過在家裡也覺得很沒面子。」

「這些原因重疊在一起——」

「是的。不過直接的原因則是昭和九年十一月一日，我的單戀對象結婚，使我跌進悲傷的深谷。於是在四日的時候，我決定要從西武新宿線武藏關的懸崖跳下去。」

話題逐漸接近核心，高橋先生的表情卻幾乎沒有變化。不過他的說話方式具有獨特的調性，就好像在演出紙戲劇（註3）講述故事一樣。

「在您的記憶中，當時的情況是什麼樣子？」川嶋也小心避免去破壞這樣的調性，簡短地插入問題。

「在月亮皎潔的夜晚，我站在懸崖上等待電車通過。就在我要跳下去的瞬間，我看到在月光下的鐵軌呈現藍白色，感覺可以用『悽慘』這個詞來形容最貼切。鐵軌散發著像閃電般藍白色的光線。正當我受到震撼的時候，電車就通過了。我在那裡呆呆站了好一會，腦中浮現的是情人的臉和母親的臉。當時看到的景象一直烙印在我腦海裡，至今都沒有消失，在後來的人生當中，每到一個轉捩點，我就會想起從懸

3 紙芝居，昔日日本街頭藝人說故事的一種形式，利用多張圖片來講述一個故事。

崖上看到的鐵軌景象。怎麼說呢，我一直覺得那是支配自己人生的景象。」

＊

奧野真一郎是二十一歲的大四學生。

他的表情和說話方式很穩重，給川嶋的印象比實際年齡更成熟。

「我想到的跟『珍惜的回憶』不太一樣。我屬於異位性皮膚炎的體質，在高二的時候症狀惡化，有一段時期很辛苦。這件事給我的印象最深刻。我在睡夢中似乎會無意識地抓癢，早上起來就會感覺很痛。這種情況越來越嚴重，所以我就戴手套睡覺；情況更加惡化之後，早上起來就會看到手套上沾了血。」

奧野說完，把雙手掌心向上放在桌上，盯著自己的手。

「什麼樣的手套？」

「白色的手套，像計程車司機戴的那種。那陣子早上醒來時，就會看到白手套上面染上紅色的血。」

「季節是什麼時候？」

「冬天，大概是十一月左右吧。」

「你為什麼記得是十一月？」

「我也不知道。總之當時很冷。我為了看電視，在客廳的沙發上睡覺——因為我睡不著，就會看電視上的深夜節目。母親起床之後，準備早餐時發出盤子碰撞的聲音，我就會醒來，首先聞到的就是血液的氣味。我心想，『原來鮮血是這種味道』。」

奧野平淡而冷靜地陳述難受的回憶。

川嶋委婉地詢問：「為什麼要刻意選擇痛苦的回憶？」

這項工作在某方面必須探索對方的內心深處，因此必須細心注意，避免傷害對方。尤其是像奧野這樣，選擇一般來說不算「幸福」的回憶的情況，一定要採取纖細的應對方式。這一點川嶋也在三年的經驗當中充分理解。

「我認為從那樣的經驗，應該還是有學到什麼。怎麼說呢，在經歷那樣的狀況之後，也許這種說法很奇怪，不過我產生某種類似放棄的心理，反而對人生能夠有種更無所畏懼的態度。」

奧野說完，彷彿是要消除川嶋的憂慮般，露出爽朗的笑臉。

＊

野本俊雄先生是槌球俱樂部的會長，穿著搶眼的白色與紫色雙色運動服。他那張晒得很健康的臉上，笑起來就會露出白皙的牙齒。

「我還在工作的時候，直到退休為止，人生當中都沒有什麼很棒的場面；不過在迎接第二人生之後，我開始打槌球。工作時我通常都是獨自面對機器，可是在打槌球之後，可以和所有夥伴同心協力、為比賽勝負高興或難過，真的是太好了。」

「有沒有特別想選擇的具體時刻？」

「有的。那是去年春天，我們參加橫濱市大賽，在只要擊中這一球就可以獲得冠軍、沒有擊中就要換對手的時刻；當時真的……怎麼說呢，就好像生死交界，非常緊張。在那一瞬間的一擊，打中時的喜悅是最棒的。」

「打到的瞬間在看哪裡？」

「我完全沒有看到周遭的事物，只有看球。我只看到眼前寫著9這個數字的紅球。一般來說，來加油的人都會很騷動，可是在擊中之前的瞬間，就會變得很安靜。」

「打到的瞬間會聽不見聲音？」

「是的，聽不見。然後在打到之後，就會比出像是要衝到天上的勝利姿勢。」

野本先生說完，坐在椅子上把左手拳頭用力舉向天花板。

杉江在面談室等待死者時，心裡想著今晚或許可以換個口味，用阿薩姆紅茶來泡奶茶。他並不討厭這裡的工作，只不過做了一年之後就已經抓到訣竅，而且他很快就明白，死者選擇的回憶會有一定的傾向，因此只要整理出其中幾種類型思考對策，就能輕易完成工作。也因此，像川嶋那樣每週都提心吊膽、辛辛苦苦完成工作的人，在他看來反倒難以置信。

（要在三天之內，從漫長的人生當中只選擇一個回憶，一開始幾乎所有人都會覺得不可能。尤其是對於活了七、八十歲的老人家，感覺更是困難。不過在這裡工作之後，我立刻發現這是錯誤的想法。人類生活的時候，並非總是思考著現在和未來。尤其是子女、孫子都長大的女人，或是工作退休、進入退休金生活的男人，在度過餘生的同時，也會開始回顧人生，想起「那時候很幸福」、「那時候很痛苦」。他們雖然活著，但並不是活在現在。他們還活著的時候，就已經開始活在名為「回憶」的過去。也就是說，這些人其實在來到這裡之前，就已經完成大半的選擇工作。他們只要在這裡重現生前打開相簿、沉浸在懷舊情緒的行為。也因此，原本聽到只有三天而驚訝的死者，多半在睡了一晚之後，隔天就會主動來到面談室。我只要配合對方改變自己的角色就行了。有時扮演丈夫，有時扮演兒子，有時扮演父親，也可能扮演朋友或學校老師。只要想像他們生前一再述說這段回憶的對象，演給他們看就行了。這是很簡單的事。泡好喝的紅茶困難多了。）

杉江真心這麼想。

「這個嘛，在那個時代，應該只有那座古川橋吧。」

「那是大約哪一年發生的事？」

「那是在戰爭結束不久，所以是昭和二十年。我們是在昭和二十一年結婚的，所以我印象很深刻。」

郡與彌女士說完，瞇起眼睛笑了。她選擇的是和因戰爭分隔兩地的情人在橋上重逢的時刻。

「您當時有幾年沒有和他見面了？」

「應該有三年吧。」

「您記得最後見面的時候說了什麼話嗎？」

「他在滿洲的期間，連信都沒有寄來。我在他放假回福山的時候去見他，當時他說『大概沒辦法再回來了』。另外也說，『大概沒辦法活著回來』。當時戰爭也已經接近尾聲。不過他在離開之前，承諾要跟我結婚，所以——」說到這裡，郡與彌女士沒有繼續說下去。

「是在相親之類的場合嗎？」

「不是。我當時瞞著雙親。這是兩人之間的約定。」

「喔，這麼說，是戀愛囉。」杉江嘴上泛起笑容，似乎在說「真有你的」。

「嗯，沒錯。我們可以說是走在時代尖端，或者應該說是自由奔放，總之在那時代算是很新潮的。」

郡女士說話時，臉上總是帶著開朗的笑容，因此杉江偶爾會差點忘記她已經死了。

「真是驚人的巧合。」

「沒錯。我都不知道他已經從軍隊回來了，所以沒想到會見到他，算是有緣分吧。」

「重逢的那座橋是什麼樣的橋？」

「那座橋很長。我們在戰前說它是東洋最長的橋，所以應該相當長。橋下就是吉野川。」

「寬度也很寬嗎？」

「是啊，可以讓汽車交會。」

「這個問題也許有點瑣碎，不過您當時走在哪一邊？」

「我走在左邊。」

「然後從對面——」

「他騎腳踏車，騎在正中間。」

「您記得是什麼樣的腳踏車嗎？」

「那是以前的腳踏車，所以是那種很笨重的男用腳踏車。」

郡女士腦中似乎仍保留著當時的情景，因此面對杉江瑣碎的問題，也沒有遲疑或猶豫的樣子。

「您想要過橋到哪裡？」

「過了橋就是鄉下，我打算去那裡買番薯，所以就穿著絣織束口工作褲，拉著拖車走在橋上，結果就在橋中間遇到他。」

「您先生原本要去哪裡？」

「他因為收音機壞掉了，就放在腳踏車後面，想要拿到德島市請人修理。」

「您先生當時說什麼？」

「沒什麼。他是男人，所以不多話，只說他有去找我，可是連屋子都不見了，不知道我去哪裡。」

「他很英俊嗎？」杉江用帶點開玩笑的口吻詢問。

「嗯，算是普通吧。總不能稱讚自己先生。」郡女士說完，露出害羞的表情。

「那座橋上應該也有很多其他人吧？」

「是啊，橋上有很多人經過，可是當時我完全沒有看到其他人。」

「就好像只有兩人的世界？」

「哈哈哈，大概吧。畢竟當時很年輕。」

*

明年即將三十歲的平川奈奈江女士，選擇的是第二胎的嬰兒誕生的瞬間。

「我有兩個孩子，生第一胎的時候因為一切都是第一次，轉眼間就過去了，感覺好像回過神就生出來，幾乎完全不記得細節。生第二胎的時候，就變得比較客觀一點，知道『啊，開始痛了，待會又會開始痛』之類的。然後因為胎兒很大，遲遲生不下來；我拚命用力，結果只有頭跑出來。天花板上有很多燈。我看到嬰兒剛好照在燈的邊緣銀色部分，就想到『果然跟書上一樣，都是這樣生出來的』。當時我很高興，覺得『還差一點點就要生出來了』。活了三十年，我不太常遇到想要稱讚自己的時候，不過當時我真的很坦白地想要稱讚自己。」

杉江聽了，心想「要重現陣痛的感覺，應該會很費工夫」。

「我無法想像，不過一定很痛吧？」

「陣痛開始的時候，會發誓絕對不要再經歷同樣的痛苦。不過應該也看人吧。我有朋友在生下小孩的瞬間，立刻想到接下來要生第二胎。所以說，如果沒辦法遺忘、一直記得這樣的疼痛，這世上大概就很少兄弟姊妹了。」

*

荒木一二先生出生於一九一二年、明治四十五年，今年八十五歲。他雖然已經退役五十年以上，但是當時的體驗似乎仍舊深植在體內。從他挺直背脊的姿勢和身段，立刻可以看出他曾經待過軍隊。

「我們當時在叢林裡，連戰爭結束都不知道，後來在八月二十七日左右，才在椰子園被抓到。一開始是在三月二日晚上，別的部隊聯絡說『被包圍了』，上級命令我說：『荒木，你馬上過去。』當時正好是飯要煮好的時候，他就說『待會再替你們送飯，現在馬上出發』。於是我帶著一百二十個部下夜襲，突破包圍。可是我們在那裡等了好久，不只沒送飯來，連水壺裡的水都要喝光了，因為很疲倦，那天晚上就在那裡小睡片刻。到了早上，從遠處傳來雞叫聲的時候，來自馬尼拉灣的艦砲射擊就開始了，死了很多人，最後剩下十六個人。我們束手無策，只好跨過部下的屍體下山。我們肚子很餓，想要找東西吃，因為那裡氣候溫暖，有木瓜之類的，就摘來吃；另外也到菲律賓人住的小部落，偷一種叫KAMOTE的類似番薯的作物，或是偷玉米，另外也偷香蕉。我們靠這樣苟延殘喘，到了昭和二十年四月二十九日，也就是天長節（註4），原本以為今天日軍會發動攻擊，可是天上的飛機已經全部都是洛克希德（註5）。在很近的山谷對面，可以聽到有人在說『Japan，巴格野鹿，給我出來』。部下當中，有一個手指斷掉沒辦法拿槍，另一個腳踝受傷，跟我說『沒辦法繼續走』，於是我們就把水壺裡的水分給這兩個人，剩下的人逃到另一座山裡。」

荒木先生挺直背脊，比手劃腳地繼續述說叢林裡的生活。杉江把Kamote、玉米、香蕉等荒木先生吃的東西一一記下來。

「我們從三月二日晚上就沒有攝取鹽分，所以全身無力，就算舔手背也沒有鹹味。即使看到樹上長了椰子、香蕉，也沒有力氣爬樹，大家只好拔出軍刀一起砍樹。我們想說喝椰子汁和露水也能存活兩天左右，抱著椰子感到安心與疲勞就睡

4　天皇誕生日的舊稱。昭和天皇生日為四月二十九日。

5　Lockheed Corporation為一九一二年創業的美國飛機製造公司，在二戰期間製造許多美國軍機。

著了，結果醒來時被四、五十個人包圍，被槍口對準。我想到反正要被槍殺，希望能先抽菸吃米飯，就跟他們說『Give me cigarette』。對方大概以為我站不起來，就從口袋拿出一根香菸給我。那就是我第一次抽到紅色標籤的香菸。後來進入收容所，不管抽不抽菸，每個月的一號都會拿到盒裝的Lucky Strike、Camel或Phillip Morris，一盒有十根菸。當時我才想到：『啊，原來這個標誌就是Lucky Strike，是我當時抽的那款。』」

「在椰子園抽的Lucky Strike是什麼樣的味道？」

「我因為感到安心跟美味，抽到暈暈的。我看對方好像可以溝通，就說『I am hungry. Boiled rice, give me』，結果就被帶到兩、三百公尺之外、用椰子樹蓋的小屋。他們在那裡替我們煮飯，然後在桌上鋪香蕉葉，把鍋子裡的飯盛在上面，灑上鹽巴。我高興地用手抓起飯來吃，覺得對方可以溝通，後來又看到那裡有雞，很想吃雞肉。剛好我身上有餞別的時候收到的手錶，雖然已經壞了，還是拿它說『Change, change』，對方就說『ＯＫ』，然後給我一隻最虛弱的雞，由士兵割斷牠的脖子、拔掉羽毛、灑上鹽巴。真的很好吃。」

就這樣，荒木先生把搭乘引揚船回日本前的半年裡吃的東西一一說出來。

如果想太多、或是愛慕虛榮，感覺應該會選擇更能向別人炫耀的回憶；然而來到這裡真的要做選擇的時候，不論男女老幼，選最多的還是關於食物的回憶。

這天首先來到望月與詩織的面談室的死者，選的依舊是關於食物的回憶。

「那應該是在大地震的時候。我當時才九歲，雖然還是小孩子，可是卻無法忘記。」

大熊美智女士在藤色和服上披了羽織外套。她從出生以來，八十四年當中從來沒有離開過東京。

「我當時到隔了一棟房屋的朋友家玩，結果大家開始騷動，大人都跑到外面鬧烘烘的，所以我也回家了。後來地震總算停止，又被催促說『快到竹林裡』。我們家在甲州街道（註6）邊緣，家後方有三棟屋子面積大的竹林，綿延很長的距離。我們進入竹林裡，當晚在那裡睡了一個晚上。」

「您在竹林裡做什麼？」

「因為是小孩子，所以就玩遊戲，或是到院子這邊賽跑。」

「玩什麼遊戲？」

「在竹林裡會在竹子之間掛上繩子，然後用繩子來盪鞦韆。」大熊女士用雙手比出

6　日本江戶時期設置的五大交通要道之一，由江戶（今日東京）至甲斐國（今日山梨縣）。

拿繩子的姿勢，前後擺動身體。「各家的媽媽煮飯之後，會替我們做飯糰。我到現在都忘不了在竹林裡吃的飯糰。」

「什麼樣的飯糰？」

「三角形的那種，裡面加了大麥。只有十分之三的白米，剩下都是大麥。」

「裡面夾什麼餡？」

「什麼都沒有，只有加鹽巴，也不像現在還用海苔包起來。飯糰旁邊如果有醃梅子就很好了——蘿蔔乾或醃梅子。所以我直到現在都不喜歡裡面有夾餡的飯糰。」

*

「我們肚子很餓，就說要去吃鬆餅。迪士尼樂園的鬆餅很好吃，所以我們就去吃，可是我身上的錢不夠，只好跟我朋友真奈津要一個。真的超好吃的。吃完之後肚子很飽，大家就說要去搭比較遠的『飛濺山』（Splash Mountain），結果工作人員說要等三個小時。不過大家說，等三小時在迪士尼樂園很普通，於是七個人一邊聊天一邊排隊，三小時很快就過去了。大家想要一起搭，也順利一起搭上去。」

吉本香奈十四歲，身穿綠色格子裙和白色高領毛衣。她就像打電話跟朋友聊假日發生的事一樣，朝著望月愉快地繼續說話。望月也很有耐心地聽她談不著邊際的話題。

詩織在一旁看著兩人對話，感覺到自己不知為何變得不太愉快。她並不是在羨慕跟朋友一起去迪士尼樂園。詩織自己覺得，她沒有幼稚到會嫉妒眼前十四歲的國中生。

不過面對一直說個不停的十四歲少女天真的態度，詩織內心產生些許惡意。這種情感沒什麼大不了的，差不多就像看到班上同學穿新鞋來學校時，會想要率先踩髒對方的鞋子；或是看到圖書館按照順序排得很整齊的書籍，就想要抽出其中一本，移動兩、三公分再放回去。

*

遠藤邦生是二十一歲的大三學生。

穿著深藍色長袖運動服和牛仔褲的他向望月確認「只能選一個嗎」，然後低頭沉默一陣子，似乎是要鞏固自己的決心。

望月默默地等他開始說話。

「高一的時候，我喜歡一個女生，不過後來被她甩了。我跟她參加同一個社團——我們是戲劇社的。她在書包上掛了鈴鐺，走路時，書包的鈴鐺就會發出叮叮噹噹的聲音。我在社辦的時候，只要聽到鈴鐺聲接近，就知道『啊，她來了』，所以我滿喜歡那個鈴鐺聲的。放學之後，我們會一直練習到快天黑。結束練習之後，收拾好準備回家，就從社辦走到校舍入口。她跟我是同學年的，當然也會前往同一個入口。有時候我先到，她後來才到。我忘了是什麼時候，差不多是冬天吧，我獨自在入口穿鞋子準備回家。這時已經天黑了，外面很暗。我穿的是Converse的籃球鞋，在綁鞋帶的時候，聽到從二樓傳來鈴鐺聲，心裡就想『來了，來了』。我雖然可以馬上綁好鞋帶回家，可是卻故意綁得很慢等她來。在這段時間，鈴鐺聲越來越接近，然後我一回頭，就可以看到她。不過如果能選的話，我想要選看到她的臉之前。」

「看到她之前？」

「嗯，我想選看到她之前、內心的期待不斷擴張的時候。看到她的臉之後，我就沒辦法說出像樣的話，所以我想要選擇一邊綁鞋帶、一邊想著待會要說什麼的時間。」

遠藤說完，注視著腳上的運動鞋。

＊

渡邊先生和昨天一樣，在望月和詩織面前搔頭，不過他的表情穩重而從容，完全沒有急迫的樣子。

「我自認七十年的人生過得還算不錯。當然也不是完全沒有懊悔的事，不過我可以接受。話說回來，像這樣突然叫我選擇其中一個回憶，怎麼說呢，也很難選出具體的某一個回憶。我沒辦法立刻想起來。如果手邊有相簿或日記之類的，也許就能更清楚地回想起各種事了。」

渡邊先生說完，靦腆地笑著向望月和詩織低頭。

「相簿嗎？」

「是的。不過我小時候的照片因為空襲的關係，連屋子一起燒掉，沒有留下來，所以也沒辦法去看。」渡邊先生像是要取消前言般，在面前揮了兩、三次手。

「渡邊先生，您有小孩嗎？」

「很遺憾，沒有。」

「興趣呢？」

「這個嘛……傷腦筋，也沒什麼特別的興趣。」

「和太太一起去旅行的回憶呢？」

望月的這個問題讓渡邊先生的表情變得有些僵硬。他問：「一定要選那類的回憶嗎？」

這句話一反他先前溫和的態度，稍微展露出他內心頑固的部分。

「沒這回事。我說的只是例子，提供您作為參考用。」望月用安撫的口吻這麼說，房間裡陷入片刻沉默。

詩織聽著他們的對話，用紅色簽字筆在筆記本上渡邊的名字旁邊畫了大大的叉。

（坐在這裡說「還算不錯」、「不算壞」的人，通常都沒辦法做出選擇。）

她在內心自言自語，然後抬起頭觀察渡邊先生的動靜。

渡邊先生挺直背脊，深深吸了一口氣，然後「呼」的一聲一口氣吐出來。

因為聲音太大，讓詩織嚇了一跳，手中的筆差點掉下去。渡邊的表情突然變得很認真，雙手交叉閉上眼睛。不知道過了多久，當他再度張開眼睛，又恢復平常溫和的表情。

「我們這個世代的人，印象最深的記憶，大概還是那場戰爭。我自己也遇到過很大的事件，決定了我在戰後、也就是昭和二十年以後的生活方式。當時我在四國的教育隊，奉命前往廣島。我花了兩天時間，在昭和二十年八月八日才抵達廣島，結果到達之後，發現廣島的街道都被燒光了。原本在那裡的城市消失，變成可以直接看到大海的平原。地面上只有縱橫的道路存在，路上的人像螞蟻一樣東奔西跑。」

渡邊先生緩緩地閉上眼睛，似乎在眼瞼後方浮現當時的景象。

「我們原本要集結的地方，也已經什麼都不剩了。於是我們只好待在車站的火車裡。當時我已經精疲力盡，在八月盛夏炎熱的日子，或許出現了脫水症狀。我感覺原本硬撐的東西突然全部垮下來，因為莫名的亢奮而全身顫抖，身體一直搖動，感覺好像發作一樣。我的夥伴問我：『喂，渡邊，你怎麼了？不要緊吧？』可是我只是抱著肚子縮起身體，心裡想著『神明，佛祖，請救救我』、『我沒辦法忍受這種狀況』、『不論如何都太慘了』、『如果我能存活下來，一定會做真正有益的事。我會選擇那樣的生活方式，所以請救救我』。這件事沒有人知道。我現在才第一次說出來，所以只有自己知道。如果被問說『那你做到了多少』，我也會感到心虛，不過現在這樣說出來之後，我稍微了解到——先前你提到興趣、旅行之類的，選擇那種記憶的人當然沒問題，不過我還是想要選擇……怎麼說呢，就是自己活過的證明。」

鐘聲響了。

這是宣告上午面談時間結束的鐘聲。

望月建議他明天再花一天仔細思考，今天的面談就到此結束。渡邊先生走向房間門口時，想到自己脫口而出「自己活過的證明」這種青澀的話，內心感到困惑。（我活了七十年，在無意識中竟然有這樣的想法？話說回來，雖然是我自己說的，可是「活過的證明」到底是什麼？）

渡邊先生如此自問自答，然後在門前向兩人鞠躬，離開了面談室。

當他踏出房間到走廊上，要關上門的時候，在他背後有人對他說：「辛苦你了。」他回頭，看到一位女士從對面的面談室鞠躬走出來。她一看到渡邊先生，就笑咪咪地走過來，簡單地跟他打招呼。

「我叫野間登美子。」

「我叫渡邊一朗。」

這位女士的年紀大概比他年輕五、六歲，短髮和雙眼皮的一雙大眼令人印象深刻。這張完全不做作的庶民風格的臉，讓渡邊先生感到親近。

兩人一起前往辦公室後方的餐廳。職員和死者都能自由使用餐廳。在辦公室的轉角左轉之後，從走廊上也能聽到喧囂聲。進入餐廳，就看到這裡的天花板比其他房間都來得高，大小有鄉下的結婚會場那麼大。長方形木製餐桌和圓椅規規矩矩地排列，三十個左右的座位已經幾乎被坐滿。除了死者以外，也有幾個身穿深藍色外套與褲子的人，邊喝茶邊愉快地交談，大概是在這裡工作的職員吧。

渡邊先生找到窗邊並排的兩個座位，獨自離席去點飲料。在更裡面靠窗的地方，有及腰高度的隔間牆，裡面就是廚房，有三名女性職員愉快地邊聊天邊擦杯子、煮開水。牆上並排貼著類似七夕許願卡的五張紙條，上面寫著咖啡、紅茶、可可、綠茶、牛奶。紙條上的文字經過日晒，已經很難辨識。這裡雖然號稱餐廳，但卻有名無實，似乎沒有提供食物。

渡邊先生點了兩杯紅茶，忽然首度想到：對了，我從昨天以來就沒吃東西，可是卻沒有肚子餓的感覺。

渡邊先生等候紅茶時，聽著死者說話的聲音。有的是戰爭期間的話題，有的是情人的話題，也有炫耀自己子女的話題。如果忘記他們都是死人的事實，這些對話就跟街上咖啡廳裡朋友之間的交談沒什麼兩樣。他們談論著要選擇什麼樣的回憶，並似乎在觀察對方的反應，以鞏固自己的決心。

然而仔細看，兩、三人一組在聊天的都是女性，男性則大多只是獨坐在窗邊座位眺望外面的風景，或是從遠處豎起耳朵聆聽女性的對話。不過這一點，或許也和市區公園或老人院常見的景象差不多吧。在這當中，雖然只是在路上巧遇，但自己此刻和女性在一起，讓渡邊先生萌生害臊與得意混合在一起的複雜情感。

（上次跟妻子以外的女人像這樣喝茶，不知道是什麼時候了。）

他接受紅茶杯時這麼想，但想不出任何場景。他把紅茶端回座位上時，陶器的盤子和杯子撞在一起，在眼前發出「喀喀」的聲音。渡邊先生覺得自己的緊張好像被所有人知道了，內心感到有些不好意思。他把杯子放在野間女士面前，在她旁邊坐下，她就迫不及待地開口說話。

「我已經決定了。」她邊說邊用雙手包住紅茶的杯子。

「是嗎？妳要選擇什麼時候？」

「我選的是念女校的時代。當時真的很快樂。我們學校在巢鴨那一帶，我每星期都會跟朋友一起去日比谷看電影或看戲。畢業典禮的時候，我跟朋友製作一樣的和服袴，頭髮綁了很大的蝴蝶結。最後大家跟老師一起唱歌。你猜是什麼歌？《青青校樹》。現在的小孩應該很難想像吧。當時我們因為很單純，邊唱歌邊掉眼淚，手上拿的畢業證書也被淚水淋濕了。啊，我是說真的。一點都不誇張。雖然聽起來很令人難以相信。」

「真羨慕。」

渡邊先生這麼說，野間女士就誇張地搖頭，像小孩子吵著說「不要不要」般。

「快樂的時光就只有到那個時期，後來都只有痛苦的回憶。二十歲的時候，我什麼都不懂就結婚了。對方是個任性的男人，吃喝嫖賭樣樣來，害我流了不少眼淚。在那個年代，帶著年幼的孩子也不可能自己工作，沒有經濟能力就只能忍耐，不過如果是現在，我早就離婚了。我先生在家的時候，不是喝酒就是睡覺，替他做飯也不會說『好吃』或『不好吃』。跟他一起生活，一點成就感都沒有。」

「這樣啊……」渡邊先生不知所措地抓頭。他現在聽到的這段話中，有很大一部分也可以拿來形容他自己，但他也沒有對自己的夫妻生活達觀到可以笑著說「每一對夫妻都差不多」，因此只能保持沉默，頂多堆起苦笑。

「渡邊先生，你太太還在那邊嗎？」野間女士指著地板問。

「沒有，她已經到那裡了。」

渡邊先生指著天花板回答。他雖然這樣比，但完全不確定這樣的動作是否符合眼前的狀況。話說回來，兩人各自指著上方與下方的模樣感覺有些蠢，彷彿巧妙呈現他們此刻定位不明的狀況。對方或許也領會到這樣的可笑，兩人指著上下方，縮起肩膀笑出來。

「她在五年前過世，之後我就一直獨自生活。」

野間女士同情地說：「那應該很辛苦吧。」

渡邊先生誇大地擺出苦瓜臉說：「沒錯，很辛苦。」

「一定是這樣。男人都是這樣，失去太太之後，才知道太太的可貴。」
「妳說得沒錯。」
「希望我先生現在也發覺到這一點。」
兩人再度相視而笑。
（好久沒有像這樣和別人一起笑了。）
渡邊先生這麼想，並模仿坐在他旁邊的野間女士，用雙手包住桌上的茶杯。紅茶的溫度透過陶器，溫柔地滲透到掌心。

吉本香奈獨自坐在一樓等候室外面的露臺。從露臺可以眺望中庭，不過她卻背對著中庭，坐在扶手上搖擺雙腳。有兩個穿制服的男人拿著梯子走過中庭。這時詩織從走廊上敞開的窗戶探出頭。
詩織雙手拿著裝了可可的杯子，沿著走廊走過來，然後用腰「砰」一聲把面向露臺的鐵門撞開。吉本聽到這個聲音嚇了一跳，這才發覺到她。
「原來妳在這裡，我找了好久。」詩織邊說邊走過來，把一個杯子遞給吉本，然後坐在她旁邊的扶手上。
「謝謝。」吉本雖然道謝並接受杯子，卻顯得很困惑，不知道詩織為什麼要找她。

詩織不理會她的反應，津津有味地啜飲可可。吉本也喝了一口。

「香奈，妳覺得學校怎麼樣？」詩織突然用開朗的口吻問。

「學校？」

「嗯。怎麼樣？快樂嗎？」

「滿快樂的。我交到很多朋友。」

「哦。」

「我雖然不太喜歡念書，不過下課時間和放學後，可以跟大家聊天，也可以一起去玩。」

「這樣啊。真好。」這句話當中完全沒有羨慕的情感，不過吉本似乎沒有注意到這一點。

「妳不喜歡學校嗎？」

「我不太適應學校生活。我很討厭念書，跟朋友在一起也覺得很無聊。我大概比較喜歡自己獨處吧。」

「我不行。我如果獨處，就會感到很寂寞。所以就算不是特別要好的同學，我也會拜託她們讓我加入。」吉本說完，首度笑了一下。

詩織看得出來，她一開始的困惑消失了一點。

「妳不是選擇迪士尼樂園嗎？」
「嗯。」
「妳想要選的……是叫飛濺山吧？」
「嗯。」
「我來這裡工作一年左右，妳剛好是第三十個。」
吉本呆呆地聽詩織說話。
「我是指，選擇迪士尼樂園的人。」
「這樣啊。有三十個人。」
她似乎總算了解詩織想要說什麼。
「嗯，果然還是很多。尤其是國中女生。」
詩織小心避免讓「國中女生」這幾個字聽起來帶有過度的輕蔑語氣。
「這樣啊。」吉本只這麼說，然後盯著手邊的可可沉默不語。在她的腳邊，銀杏落葉隨風旋轉飄舞。
「啊，不過雖然說有三十個人，不過大家的內容都不太一樣。選擇飛濺山的人沒有那麼多，頂多四、五個人吧。」
詩織替她打氣。

設施的紅磚建築二樓窗戶上，映著被切割成四方形的藍天，彷彿只有那裡特別塗上顏色。

詩織沒有看坐在隔壁的吉本的臉，抬頭望著窗戶。「畢竟迪士尼樂園很有趣啊。」詩織最後這麼說，然後假裝喝可可，實際上卻朝著杯子露出小小的奸笑。

「我在十六歲的時候第一次和女人上床，然後從十七歲之後就一直沒有停過，所以對象數起來多到驚人，全部算起來，應該有四百……不對，應該有五百個人。」

「五百？」

「當然也不是說數字多就行了，不過那個真的是做幾次都不會厭倦，跟吃飯一樣。」

「啊，全都是去花柳街嗎？」

「嗯。那陣子真的是天天都去，像是吉原、玉之井、洲崎，一天來回好幾趟，玩得很厲害。雙腿走到跟棍子一樣，那話兒也變得跟棍子一樣，真的很累。明明沒什麼錢，卻想辦法東湊西湊，自己都覺得很了不起。」

庄田先生說完，一副佩服自己的態度深深點頭。

「在那一帶要是花太多時間逛太久，到了十一點，店門就會突然關起來，這一來就找不到像樣的。一開始會遇到美女對我說：『帥哥！木屐有一邊磨壞的那位帥哥，來我們這裡吧！』於是我就色迷迷地跟過去，結果貴到不行。然後等到快要到十一點關門時間，就會開始打折；原本要一千圓，現在只要五百圓就行了。所以我就趁那個時間過去，可是這一來，能不能碰到好對象就要看運氣。人首先還是要看臉。臉蛋最重要。」

庄田先生指著自己的臉嘻嘻笑。川嶋也無奈地隨口回應，並稍微笑了。

＊

「出生之後五、六個月的時候。」

「五、六個月？」川嶋不禁回問。

在他面前的文堂太郎表情相當認真，看起來不像是在開玩笑的樣子。

「沒錯。我的生日是五月，當時的季節則是秋天左右。」

「十月或十一月？」

「這個我就不是很清楚了，只知道是在出生後不久的時候，應該是秋天吧。」

「秋天……」

「沒錯。而且不是上午，應該是下午。」

「下午？」

「這個我就不是很確定，只覺得大概是下午。我當時光著身子躺在棉被上，照射到大量陽光，不過因為是秋天，所以陽光也不是很熱。」

川嶋難免感到懷疑，問他：

「大概是幾點左右？」

「傍晚。」

「傍晚？」

「沒錯，大概三點吧。反正不是大白天。棉被沒有鋪床單，感覺很冰涼，陽光則很溫暖。我當時眼睛大概是半開的。」

文堂說到這裡，瞇了一半的眼睛，露出很舒服的表情。

「我全身的肌膚都感受到陽光。那種感覺沒辦法用言語充分形容，反正就是覺得自己活著。那是我最早的記憶，也是至今為止最幸福的時刻。說自己最早的記憶最幸福，會讓人想問：那我接下來二十九年的人生算什麼。不過那是我最能體認到自己活著的經驗。」

「你現在回想這幅情景是什麼樣子？比如說顏色跟光線呢？」

「沒有顏色。光線的話，應該是橘色或黃色，不過在我記憶中沒有顏色。」

「聲音呢？」

「也沒有聲音。只有身體感覺很冰涼，顏色或聲音之類的就不記得了。」

文堂先生很明確地回答。

＊

黃色的銀杏葉、橡實、栗子的毬果、石榴皮，另外還有不知在哪找到、像玻璃一樣半透明、很漂亮的淺藍色石頭。

西村女士把撿來的東西一樣樣從塑膠袋取出，擺在川嶋面前。接著她緩緩瀏覽桌上的東西，拿起圓圓的石頭，朝著中庭另一邊即將下沉的夕陽舉起來。石頭裡面有橘色與淺藍色兩種顏色重疊在一起，形成奇妙的混濁顏色，看起來像稀有動物的蛋。

「西村女士，妳有沒有什麼愉快的回憶？」

川嶋問她，她也沉默不語。

「西村女士，西村女士，像是結婚呢？」

西村女士正在窺視石頭裡面。

「像是小孩、或是孫子呢?」

西村女士首度轉向川嶋，緩緩地搖頭，然後把淺藍色的石頭放在膝上，用雙手包住。川嶋覺得她這樣看起來就像是在孵蛋一樣。

西村太太保持這個姿勢，只把頭轉向旁邊，望著中庭說了一句:「這裡不會開花嗎?」

「這裡會開花。到了春天，會開得很美。」

「這樣啊。」

「是啊。」

「一定很美吧。」西村女士說到這裡，又陷入沉默。

川嶋看著她的表情，忽然想到問她:「西村女士，您今年幾歲呢?」

她沒有回答這個問題，今天也跟昨天一樣，直到日落都望著中庭。

這天的面談全部結束，五名職員聚集在辦公室，圍坐在會議桌報告死者的狀況。辦公室正面、剛好在中村的辦公桌後方，掛了巨大的螢幕，上面以幻燈片投射西村喜代的臉。窗外已經完全天黑，籠罩在夜幕之下。

「也就是說，西村女士在生前就已經先選擇了回憶。一開始自己也沒有發覺，不過她已經開始生活在九歲的記憶中了。」川嶋說到這裡，環顧其他職員。

「九歲呀……在她這樣的人眼中，我們和這裡的風景不知道是什麼樣子。」杉江用原子筆尾端指著幻燈片，深感興趣地說。

「的確。她看到鏡子裡的自己，不知道會怎麼想。」

大家都陷入有些感傷的奇妙情緒。

中村看準對話中斷的時機，用手中的鋼筆對詩織比了信號。詩織看了，便以慵懶的態度按下手中的遙控按鈕。幻燈片發出很大的「喀噠」聲，從西村喜代女士的臉切換成伊勢谷友介的臉。

川嶋看到他，便愁眉苦臉地抱著頭。「唉，真討厭，是這傢伙。」

「怎麼了？」杉江簡短地問。

「伊勢谷今天也一樣。怎麼說呢？他不是無法選擇，而是根本就不想選擇。」

「不想選擇？他幾歲？」

「二十二歲。」

「活了二十二年，應該至少有一個美好回憶吧？是不是你問的方式太差了？」

「杉江，那你來代替我吧。」

「才不要。我自己也很忙。」

「我最不擅長處理這種對象了。」

「怎麼，難道你有擅長處理的對象嗎？」

「這個嘛……我不是這樣的意思。」

「乾脆叫他選運動比賽或演唱會之類的吧？」杉江一副不耐煩的口吻說。

「也不能這樣吧。總之，我會再努力看看。真是抱歉。」川嶋向其他職員一一鞠躬道歉。

「振作點，你已經不是新人了。」杉江再度用嚴厲的口吻對他說。

「好了，換下一位吧。」中村用鼓勵的態度說話。

螢幕上出現的是庄田先生。川嶋再度抱頭。

「怎麼了？又是你？」杉江故意裝出驚訝的樣子。

（杉江在這種時候，真的很惡毒。）

詩織聽著兩人的對話，內心這麼想。

「這週真的很辛苦。庄田先生完全沒有停下來的意思，今天仍舊滔滔不絕地談他的性經驗。」

「你的工作就是要讓他鎖定一個人吧？」

「我知道，可是……」川嶋環顧四周，似乎在求救。

「不過庄田先生談起往事的時候，應該很愉快吧？」望月伸出援手。

「是啊。聽他說話，其實滿有意思的，沒辦法在中途打斷他。」

杉江聽了，無言地苦笑。

「反正還有時間，就盡量聽他說吧。」中村開朗地建議。「跟女人在一起的話題，對他來說應該也是重要的回憶。川嶋，你的工作也包括完全接納他的過去。任何事都可以成為學習。」中村的話很慈藹，彷彿能夠包容整間辦公室。

望月聽了他的話也點頭，對川嶋微笑。

川嶋在口中喃喃地說「謝謝」，抬起頭再次注視庄田先生。

接下來出現在螢幕上的，是渡邊一朗先生。

望月開始說明：「渡邊一朗先生，七十歲，原本是上班族。他在服兵役之後，從大學畢業，在鋼鐵相關的公司就職，一直工作到退休。家人只有太太，沒有小孩。太太在五年前過世。事實上，他還沒有做出選擇。借用他說的話，他想要選擇『活過的證明』。」

「『活過的證明』？」杉江敏感地對這句話做出反應。「所謂『活過的證明』，一般人幾乎都沒辦法留下來。到這裡才要找『活過的證明』也太晚了。」

「說得也是。」望月無奈地嘆氣。

「到這裡之後，就算想破頭，沒有的東西就是沒有。如果想要選那種回憶，生前就應該自己想辦法，否則只是造成我們的困擾。」如果放任不管，杉江對渡邊先生的攻擊大概會越演越烈。

「我打算今晚先去訂錄影帶。」望月說到這裡，看著中村。

「錄影帶？對這種人來說，應該會有反效果吧？」杉江仍舊顯得懷疑。

「不過我也能夠了解他的心情。」中村插嘴。「因為這種事而煩惱，代表他對自己的人生很誠實。只是說，如果停留在抽象的言語，大概也沒辦法進行具體的選擇，所以就像望月說的，準備錄影帶來給他看，也是一種方法。」中村說完，笑咪咪地環顧職員。

杉江似乎也不情願地接受了。中村確認他的反應之後，開朗地說「那麼換下一位」。他舔了一下自己的大拇指，翻開手邊的文件。

渡邊先生的臉變成文堂太郎。

「關於這位文堂太郎，他選擇的是最早的記憶，而且據說是出生後五、六個月的時候。他光著身體躺在棉被上，肌膚感受到冬天的陽光。這該怎麼辦呢？」川嶋傷腦筋地說。

望月問：「除了肌膚的感覺之外，他還記得什麼？比如說顏色跟聲音呢？」

「他說在他的記憶中是黑白跟無聲。」

杉江聽了忍俊不禁地呵呵笑。「那一定是看到小時候的黑白照片吧。大概是他母親還是誰，拿他以前睡覺的照片給他看，他就誤以為是自己的記憶。這種情況滿多的。我是不介意，只要他本人高興就好。」

「記憶大概可以追溯到什麼時候？」川嶋環顧其他人詢問。

「據說平均是四歲。」望月大概是在書上讀過，如此回答。

「四歲啊。」川嶋喃喃自語，似乎若有所思，低頭看著桌面。

「中村先生，你最早的記憶是什麼時候？三百年前左右嗎？」杉江大概是厭倦開會，把原子筆扔到桌上，雙手握在腦後，彷彿已經進入閒聊時間。

「我嗎？這個嘛……」中村像是在敲門一樣，用鋼筆敲了三下自己的膝蓋。「大概是三歲左右吧。這個回憶有點特別——我記得我父親帶我去河邊散步。當時剛好是滿月。」

中村用雙手在面前比了很大的圓形。

「月亮很漂亮。就連身為小孩的我，也覺得『今天的月亮真美』。接著我又看到旁邊還有一個明顯的橘色新月。也就是說，天上有兩個月亮。我因為當時還小，以為這種情況也是有可能的，不過還是問父親：『爸爸，那是什麼？』沒想到我父親卻看不見。可是那幅景象一直留在我腦海中。那到底是什麼呢？」

中村說完，彷彿面對強光般瞇起眼睛。

「杉江，你自己最早的記憶是幾歲左右？」川嶋很有興趣地問。

「我嗎？我記得的是剛上幼稚園的時候。我當時是坐公車上幼稚園，而且跟金子先生一樣，站在公車最前面。我記得透明的月票夾在我胸前閃閃發光。我想到今後可以去任何地方，心中就充滿希望，感到很高興，但是同時又擔心會跑到自己不知道的世界，因此也感到不安。我懷著這兩種心情，看著不斷搖晃的月票夾。」杉江說著，低頭看自己的胸前。

中村低聲說：「感覺好像是象徵自己人生的回憶。」

「我也是幼稚園。」這回輪到川嶋發言。「當時幼稚園會給大家喝熱茶。現在回想起來，就知道那是焙茶，可是當時我不知道那是什麼茶。長大之後，我喝到焙茶，才發覺『啊，這就是當時喝到的那個』。我的舌頭還記得，搭配便當喝的焙茶很好喝。這就是味覺的記憶吧。」

「望月，你呢？」杉江詢問愉快地聽三人說話的望月。

望月平常不太會提起自己的事，不過他今天難得想要開始說話，吸了一口氣。詩織察覺到他要開口，只把視線轉向他。

「我也是三、四歲左右的記憶。我的記憶是關於雪。我祖母家在山形縣。現在回想起來，在那裡的雪地裡玩耍，就是我最早的記憶吧。我很喜歡雪。」

杉江問：「是不是很冰？」

望月顯得有點困惑，回答：

「現實中當然應該很冰，不過在我的記憶裡，卻很神奇地留下溫暖的印象。我的印象是周圍完全被雪包圍的寂靜世界。」

「你記得的是聲音？」

「嗯，是聲音。」

（大家談的回憶，感覺都滿符合自己的特色。）

詩織用指尖玩弄著幻燈片的遙控器，心裡這麼想。

「大家都是三歲或四歲。這麼說，更早以前的記憶到底去哪了？真奇怪，在那之前應該也發生了很多事吧？」杉江不解地問。

「現在似乎有醫學證明，有些人可以追溯到胎兒時期的記憶。」中村接續話題。

「胎兒時期？」川嶋湊向前問。

「是的。就像在子宮裡那樣閉上眼睛、漂浮在水中，喚起自己安全處在母親體內時的記憶，據說就可以解除精神不安——真的，我是說真的。」

「子宮啊……」這回輪到杉江喃喃自語。
大家坐在辦公室的椅子上，似乎都在探索沉睡在自己腦袋深處的黑暗部分。

詩織閉上眼睛，用右手捏起鼻子，深深吸入一口氣，然後潛入水裡。
溢出來的熱水流入排水口的聲音持續了一陣子。等到聲音消失之後，整間浴室都籠罩在靜寂當中。不知道經過多久的時間，詩織從熱水中猛然跳出來，打破浴室的靜寂。這已經是第三次了。
（根本就行不通。什麼都想不起來。）
她在辦公室其他人面前，假裝對中村說的話毫無興趣，可是現在卻在這裡嘗試，自己都覺得有些丟臉。
她察覺到好像有人進入更衣間，便豎起耳朵，不過門外很安靜。大概是自己想太多了。
（真蠢。誰要認真做這種事！）
她覺得假裝一開始就是開玩笑比較輕鬆，於是放棄繼續潛水。
詩織很喜歡洗澡。這裡鋪磁磚的浴缸並不算特別大或特別漂亮，不過她從小到大只看過公寓裡狹小的浴缸，因此光是能夠把腳伸直就很高興了。更何況住在公寓的時候，母親總是叫她不要浪費熱水，沒辦法像現在這麼奢侈，把浴缸注滿熱水，然後一口氣把身體沉進去，聽熱水溢出來的聲音。

在熱水中伸直的雙手和雙腳在搖晃。詩織盯著扭曲的指尖，想起望月在辦公室說的話。

（望月的肌膚在男人當中，算是很罕見的白皙，或許是因為在雪地長大的關係吧。）

她這麼想，開始有點羨慕望月。她最早的記憶是四歲的時候，躺在母親的膝蓋上，讓母親替自己挖耳朵。冰涼的榻榻米近在眼前，自己的臉頰隱約記得母親圓圓的膝蓋的觸感。

她的母親很喜歡喝酒，常常造成鄰居的困擾。詩織上國中之後，就只有和母親吵架的回憶，即使是幼年時期與母親在一起的回憶，在她心中也是苦澀多於珍惜，因此她平常就避免去回想起來，至今也沒有告訴過別人。

關於父親，她只記得照片。在她三歲的時候，父母親就離婚了。上小學時，母親曾經拿一張照片給她看，告訴她「這是妳爸爸」。照片中的父親背著詩織，面向鏡頭的詩織擺出苦瓜臉，相反地父親則面帶溫柔的笑容，眼尾擠出皺紋。詩織不知道父母親離婚的原因，不過基於從這張照片得到的父親的印象，她一直覺得一定是母親的錯。

詩織洗完澡，換上睡衣，在上面多穿了一件外套，然後閒晃到辦公室。平常這時間總是望月一個人在加班。詩織並不是好心想要去幫他，而是因為除了星期一晚上送傳閱板之外，兩人很少有單獨在一起的機會，因此去探望他加班，就成了共度時光的好藉口。

果然在下了一半的階梯時，她就聽見望月在辦公室裡說話的聲音。他似乎是在打電話。詩織小心避免讓拖鞋發出聲音，悄悄地進入辦公室。每踏出一步，地板就發出「唧唧」的聲音。

「是的，數字的『一』，然後是月部的『朗』。總共七十一卷都可以送來嗎？本週需要的是這一位的錄影帶，還有為了保險起見，也請準備山本修司先生的份。什麼時候可以送到這裡？明天下午盡快送來——好的。那麼就麻煩你了。」

望月打電話的時候，詩織在辦公室裡繞一圈，走到窗邊，假裝在看窗外的風景，實際上窺探著望月的一舉一動。

隨著「叮」的聲音，聽筒被放回原位，接著傳來在簿子上寫字的聲音。望月似乎也早就知道詩織進入辦公室，不過並沒有主動開口。他知道詩織並不是想要跟自己說話而來的。

兩人距離三公尺左右，背對背保持沉默。

夜晚的辦公室比白天更顯得空曠，讓詩織覺得好像處在跟剛剛完全不同的地方。警衛似乎也已經結束巡邏，窗外非常安靜。

銀杏樹隨風搖曳，飄落幾片所剩不多的褐色葉子。葉子在空中飄起兩三次，然後無聲地被吸入黑暗當中，很快就消失蹤影。

詩織伸出食指觸摸凹凸不平的玻璃。指尖因為剛洗過澡而很溫暖，摸到玻璃感覺比平常更冰冷。她並不覺得這裡的工作特別有趣，不過她覺得待在這裡感覺還不錯。這裡沒有干涉自己生活的教師或母親，也沒有跟朋友之間麻煩的人際關係。活了十八年，她首度感到如此自由。

她並不討厭在這裡度過的時間。

她願意讓這樣的時間一直持續下去。

星期三　Regret　後悔

「大家早安。星期三的早晨到了。今天是請大家選擇回憶的期限，請大家務必在日落之前做出選擇。」

館內和中庭響起女性廣播的聲音。昨天就選出回憶的死者臉上帶著爽朗的表情，有五、六人聚集在中庭唯一有陽光的長椅周圍。渡邊聽到窗外傳來他們的笑聲而醒來。

他在床上張開眼睛的時候，首先浮現在腦海中的是很直接的問題：為什麼只能選擇一個回憶？

（這兩天以來，因為被這樣要求，說這裡的規定就是這樣，所以我努力嘗試，可是內心總是覺得不能接受。把我的回憶拍成電影？讓我看了以後上天堂？為什麼要做這麼麻煩的事？是誰規定的？真的有必要經過這麼麻煩的程序嗎？人都已經死了，有什麼差別？）

他盤腿坐在床上，交叉雙臂，思考這樣的問題。他越想越覺得，只能選擇一個回憶是很沒有意義的事。

（我對自己的人生感到滿意。這一點我比任何人都更明白。這樣不就夠了嗎？）

渡邊先生做出結論的時候，窗外再度傳來很大的笑聲。

「妳不選那個了？」望月驚訝地反問。

吉本一反昨天開朗的模樣，以陰沉的表情坐在面談室的椅子上。

「這樣啊。為什麼？」

「因為我覺得，好像不太好。」吉本說完，稍稍歪頭，似乎在表示連她自己都無法說明清楚。

「這並不像學校考試的問題，只有一個正確答案。妳只要選擇自己想選的回憶就行了。」望月以鼓勵的語氣對她說。

「嗯。」吉本點頭，似乎也明白這一點。

「這樣啊，那就再花一點時間，今天一整天再想想看吧。」

吉本似乎正在等望月如此提議，再次輕輕點頭。

詩織在這段時間完全沒有看吉本的臉，只是在手邊的素描簿塗鴉。

在隔壁的面談室，川嶋今天也在苦戰奮鬥中。第三次來面談的伊勢谷已經完全放輕鬆，雙腳伸到前方，手插在口袋裡，自顧自地聊自己看過的電影及喜歡的音樂，完全沒有要合作的樣子。

等到話題沒了，伊勢谷有一陣子玩弄著舌環發出「喀喀」聲，然後彷彿突然想到般問：「不能選夢境嗎？」

「夢境？」

「對，夢境。」

「你說的夢境，就是那個睡覺的時候做的夢？」川嶋聽到突如其來的問題，不禁這麼問。

「沒錯，就是那個夢。比方說，在色彩繽紛到詭異的海邊，停靠著方塊形狀的船。還有，我阿公雖然死了很久，在夢裡卻很健康，而且健步如飛，追著我跑。我也拚命跑，可是在夢裡不是都沒辦法使力嗎？結果就像這樣……」

他說到這裡，屁股仍坐在椅子上，像是在太空漫遊般緩緩擺動雙手雙腳。

「喔，是慢動作啊。」

「不是慢動作。我只是覺得，如果可以重現這樣的感覺，應該很棒吧。」

「你的意思是，你很喜歡那樣的夢嗎？」

「也不是。我並不是想要選那個夢。」

川嶋把手中的文件丟到桌上。「搞什麼！如果不想選就別說，免得浪費時間。基本上，不能選夢境！要選就選現實發生的事吧，拜託。」

「我可以問你一個問題嗎？」伊勢谷突然以認真的神情問。

「好啊，什麼事？」川嶋心想他大概又要問無聊的問題，有些自暴自棄地回應。
「到底是誰規定只能選一個回憶？」
川嶋驚訝地看著伊勢谷。
「而且你們要重現當時場景拍成電影吧？」
「嗯。」
「為什麼要做這種事？」
「為什麼？」川嶋重複伊勢谷說的話。
「嗯，為什麼？為了誰？」伊勢谷用小孩般的眼神直視川嶋。
「這種事，你不需要知道。」川嶋說完，像是在逃避伊勢谷的視線般低頭看文件。
「川嶋先生，該不會連你都不知道吧？」
伊勢谷似乎看穿川嶋缺乏自信，以有些嘲諷的眼神笑了。

＊

「我通常喜歡偏瘦的女人，不喜歡胸部太大的。胸部就算很扁也沒關係，重點是屁股要往上翹起來。這樣才棒。」

庄田先生今天也接二連三地談自己跟女人的性經驗，心情似乎很好。

「年紀的話，大概是二十四、五歲，皮膚要白。以前的人都說，一白遮三醜。」

「在您說的屁股往上翹、皮膚白皙的女人當中，有沒有哪一位是您至今無法忘記的？請具體告訴我。」

川嶋想起中村昨天的建議，決定乾脆讓他盡情說下去。

「已經是幾十年前的事了，要具體描述也有點困難……」庄田或許是說太多話嘴脣很乾，吐出舌頭舔了舔下嘴脣。

接著他輕輕用右手拍桌子。「我想到一個。」他再度很起勁地說話：「有個女人在我感冒的時候替我煮稀飯，加入味噌跟醃梅子攪拌，然後用自己的嘴巴『呼～呼～』這樣吹氣，端給我說『趁熱吃吧』。我到現在都還會想起來。」

庄田先生說到這裡，豎起食指說：

「如果是把煮熟的飯放進鍋子裡加水煮，那就只能煮成黏黏的燉飯。煮稀飯要洗好米，一開始就把水放得比較多來煮才行。那麼費工夫，不是很令人感激嗎？我當時想，『如果要一起生活，還是這樣的女人比較好』。」

「她替你煮稀飯的地點在哪裡？」川嶋總算抓到線索，開始提問。

「那是在東北，大概是青森吧。」

「是在她的家裡嗎？」
「是在她家沒錯。」
「是公寓嗎？」
「沒錯，是公寓。」
「四個半榻榻米大的房間？」
「應該有六個榻榻米大吧。」
「六個榻榻米大……」川嶋確認之後，寫在本子上。「味噌是什麼樣的味噌？」
「那是仙台味噌，紅紅的那種。她用研缽把味噌裡的大豆磨到失去形狀，然後加進煮好的稀飯裡，中間再加一顆醃梅子。我很喜歡醃梅子，所以很難抗拒。」
川嶋不斷點頭，繼續寫筆記。
「所以說，遇到那種情況，我就會覺得，算了，這陣子不要聯絡東京，在她家多待五天左右吧。等到痊癒之後，就可以很激烈地報答她。」
庄田先生說到這裡，真心幸福地笑了。接下來他又跟昨天一樣，滔滔不絕地一再談自己的性經驗。
午休時間的鐘聲響起，面談暫時中斷。過了片刻，設施裡的職員、警衛、餐廳與櫃檯的女性工作人員等，手中各自拿著樂器，到中庭集合。

川嶋拿著大太鼓，詩織拿著小太鼓，望月拿豎笛，中村當然拿伸縮喇叭，杉江則是小喇叭。另外也有口風琴、手風琴、鈴鼓、三角鐵等樂器。

人數總共大約有十五人。他們拿著樂器，坐在面向中庭的倉庫石階上。拿著指揮棒的職員稍微斜戴著帽子面向他們，等待所有人準備完畢。

「那麼就開始練習本週的演奏曲吧。」

指揮說完打開舊皮包，從裡面拿出樂譜發給大家。看來他似乎就是作曲者。

成員當中，有像中村這樣一看到樂譜就能演奏的人，也有像警衛這樣，在來到這裡之前完全沒有碰過樂器的人。也因此，他們的演奏並不整齊，很難稱得上優美。

不過像這樣每週一次、一起工作的人聚集在一起演奏同一首樂曲，即使是不擅長樂器的人也絕對不會感到痛苦。相反地，在每天單調的生活當中，這段時間對他們來說也是很大的樂趣。證據就是幾乎沒有人會在練習時缺席，演奏停止時也始終能夠聽到職員的笑聲。

中庭響起他們的演奏聲。樂聲與笑聲在設施建築上產生迴響，昇華到天空。

渡邊先生和野間女士聽著遠處的樂聲，在中庭散步。這是春日和煦的晴天剛過中午的時分。渡邊先生想找人討論今天早上自己心中產生的疑問，因此午休鐘聲一響起，他就前往餐廳，坐在昨天和野間女士一起坐的位子等她。他覺得這樣很像單戀中的高中生會做的事，感到有些不好意思，不過他認為在這裡等是最有機會的。果然不久之後，就看到野間女士出現。她在門口東張西望，似乎在找某個人。

渡邊先生發覺她是在找自己，不禁心跳加速，忽然產生奇妙的心情，想要迴避她的視線，讓她一直尋找自己。不過渡邊先生還是無法將如此孩子氣的欲求付諸執行，因此立刻舉起右手，想要主動向她示意。

這時她先一步發現渡邊先生，興沖沖地揮著右手走過來。渡邊先生的右手尷尬地舉到一半不知該放哪裡，最後搔搔後腦杓來掩飾。

＊

「這個嘛……我連想都沒有想過，為什麼一定要做選擇。」

「是嗎？」

「不過聽你這麼說，的確有道理。為什麼要做這種事？我也不明白。」

野間女士和渡邊先生並排走在一起這麼說。她並沒有特別生氣或驚訝的反應。渡邊先生覺得自己的大發現好像被輕描淡寫地帶過，內心有些失望。

野間女士笑著說：「其實仔細想想，活著的時候也有很多這種事吧？有很多事，雖然不知道理由，可是就是這麼規定。」

渡邊先生默默聽她說話。

「譬如說，不是有『選秀會議』嗎？」

「妳是指職棒的？」

「沒錯，職棒的選秀。我很喜歡棒球，而且特別喜歡看高中棒球。我從很久以前就對『選秀會議』感到很在意。高中球員不是都拚命練習，才能到甲子園大顯身手嗎？可是越是活躍的選手，就會有越多球團看上，想要得到他吧？這一來就要抽籤了，完全不管球員的個人意願。而且不是本人抽，而是由球團董事長或教練來抽。為什麼不能至少給本人抽呢？你不覺得嗎？而且大學生可以自己選球團，高中生卻不行（註7），也讓我感到很奇怪。到底是誰規定的？太不合理了。」

「是啊。」渡邊先生覺得自己的話題好像被轉移到其他地方，無力地附和。

「沒錯吧？所以我覺得，這裡跟職棒選秀會議比起來要好多了，畢竟可以自己做

7　日本職棒選秀昔日有「逆指名制度」，即大學生及社會人球員當中，順位較高者可指名想去的球團（高中生不可），而每球團可取得兩名逆指名球員（後來改一名），但在二〇〇六年之後廢除此類制度。

選擇。不過我當然也不覺得你的說法有錯。」野間女士說到這裡，像是要打氣般朝著渡邊先生微笑。接著她立刻又低頭看著腳邊，用鞋尖故意踢起落葉。「不過一定是有人覺得有必要，才會這樣規定吧。」

渡邊先生不太理解野間女士最後這句話是針對這裡的機制，或者是針對選秀會議。

（還是得做出選擇嗎？）

渡邊先生對自己做出的結論失去自信，稍微退後一點走在野間女士旁邊。

午休時間結束，渡邊先生回到房間，聽到廣播被叫到面談室。在那裡等候他的望月和詩織立刻把他帶到另一間房間。

他們走下階梯，經過一樓等候室前方，在轉角左轉，經過掛著「圖書館」牌子的房間。渡邊先生追著望月的背影向前走。

「渡邊先生，接下來要請您看錄影帶。」

望月回頭這麼說，露出親切的笑容。

「錄影帶中記錄了您的生活。這是為了提供您作為選擇回憶的參考，特地準備的。昨天您不是也說過，如果有相簿在手邊就容易多了嗎？就當作是相簿的替代品吧。」

渡邊先生還不太能理解狀況，不安地想著接下來會發生什麼事。

「在這裡。」望月打開寫著「視聽室」的房間門，請渡邊先生進去。

渡邊先生不得已，只好依照指示進入房間。

房間大概有六個榻榻米大，格局和現在住的個人房間幾乎沒什麼兩樣，不過房間中央擺了很大的不鏽鋼桌，上面放了一組電視螢幕和錄影帶播放機，旁邊則有堆積如山的錄影帶。

仔細看這些錄影帶，每一卷上面都寫著「渡邊一朗」的名字，旁邊有幾個意義不明的英文字母。右邊角落有很大的 R-00、R-01、R-02 等編號，依序一直到 R-70 。

「我剛剛也說過，這些錄影帶是提供您作為參考用的，不需要全部看完。」

「這樣啊。謝謝。」渡邊先生努力隱藏內心的困惑，面不改色地回答，但聲音卻哽在喉嚨裡，無法流暢地說出話。

望月似乎沒有看穿他內心的困惑，在確認機器電源等等之後，就對渡邊先生露出跟平常一樣的文靜笑容。

「我到晚上再過來。」

望月說完鞠躬，然後和詩織一起走出房間。

渡邊先生獨自被留在房間裡，有好一陣子呆呆地站在原地。

他原本想要在下次見到望月這名青年時，直接詢問今天早上想到的問題；然而事情卻出現不曾預期的急速發展，讓他不知所措，沒有多餘的心思去問問題。

「錄影帶呀……」渡邊先生刻意說出口。

他面對堆積如山的錄影帶，思索好一陣子該怎麼辦，不過總算下定決心，拿起編號R-00的錄影帶。對於寫了自己名字的錄影帶內容的好奇心，勝過「到底是誰、為了什麼目的、如何拍攝」等問題。他以不熟練的動作把錄影帶放入播放機內，按下播放按鈕。

錄影帶發出轉動聲。螢幕持續一陣子的黑色畫面，然後就像列車駛出山洞般，突然籠罩在白光裡。在沒有對焦的畫面中，傳來嬰兒哭啼的聲音。圍繞在周圍的助產婦或護士紛紛用開朗的聲音說：「生下來了。」「是男孩。」

渡邊先生忘了時間流逝，聚精會神地看著首度看到的自己的故事。

＊

少年時代轉眼間就過去了。他的家人連祖父母一共有八人，兄弟姊妹只有三個年紀差很多的姐姐，家裡的男孩只有一朗一人，因此幾乎像是獨生子。或許因為周圍都是女性，因此他的個性很溫和，不太常玩砍殺或戰爭遊戲，比較常在家跟姐姐一起玩扮家家酒。渡邊看著錄影帶，想到小時候常常因為這樣，被其他小孩嘲笑。他只有在家時很威風，到外面就完全不行，常常被欺負而哭著回家。不過他不想讓家人看到自己哭泣的臉，因此會偷偷洗臉，消除淚水痕跡之後再回到家裡。當時的他是個有些愛面子的男孩。

渡邊先生以觀賞以前新聞影片的感覺，循序看著自己的錄影帶。不過這名少年不論做什麼都是半吊子，既不是模範生，也不是孩子王，甚至也不能稱得上是學業落後的學生，作為故事主角感覺有些不足之處。

畫面中不斷展開的日常戲雖然是以他為中心，但他的存在感卻相當稀薄，在他自己眼裡看起來也像配角。而且他自己也知道，像這樣毫無存在感的姿態，在今後的人生當中也會一直持續下去。也因此，當他在小時候的自己發現到這種傾向，不禁感到動搖與心痛。

他覺得好像有人經過走廊，便去窺視房間外面。他不想讓其他人看到這麼窩囊的自己。於是他拿起遙控器，調低從音響傳出的音量。

（這個和相簿差很多。）

如果是相簿，應該會擷取開學典禮、運動會、七五三（註8）、家庭旅行等人生當中快樂的場景，但是自己現在觀賞的錄影帶卻完全沒有這樣的取捨選擇，因此即使是自己再也不願回顧的難堪身影，也會直接出現在畫面中。

（這個過程沒有想像中的愉快。）

渡邊先生心裡這麼想，覺得好像理解到剛剛望月說「不需要全部看」的用意了。

杉江的面談今天也進行得很順利。這天下午第一個來到面談室的，是一位名叫金桂玉的三十九歲女性。金女士的日文名字是早乙女桂子。她在韓國認識現在的先生並結婚，在十一年前來到日本。

「上次十月連假的時候，我跟先生沿著常磐高速公路，前往一個叫會津若松的地方。我先生去過磐城市（註9）。根據他的說法，從那裡開車一小時應該就可以到會津若松，可是路上很塞，結果花了四、五個小時。小孩子在後座說：『好無聊，我們還是回家吧。』我就說：『快要到了，忍耐一下。』然後因為肚子餓了，本來準備要在那

8 在日本慶祝孩童成長的節日，在十一月十五日這一天，帶三歲、五歲、七歲的小孩到神社參拜。

9 磐城市為日本福島縣南部的城市。會津若松則位於福島縣西部，因為是昔日會津藩城下町，留下許多古蹟。

裡吃的便當，只好直接在車上吃。那時候我忽然想到，幸福大概就是像這樣吧。一家三口在一起，在車上吃便當，並且聊一些平常沒時間聊的話題。我當時想，塞車雖然很討厭，可是對家人來說，或許也不算太壞。」

「小孩子幾歲？」

「六年級，十二歲。」

「您先生開車，您坐在副駕駛座。」

「是的。」

「音樂呢？有沒有播放音樂？」

「有的。我先生很喜歡音樂，不過我不太喜歡太吵的聲音。我們在車上聽廣播的交通新聞，或是聽錄音帶。」

「錄音帶的內容是什麼？」

「井上陽水的歌。那是當時NHK正在播的電視劇《花梨》（註10）的主題曲。我很喜歡那首歌，所以印象很深刻。」

「便當是什麼樣子？」

10 《かりん》為一九九三～一九九四年播放的NHK晨間劇，主題曲為井上陽水的《カナディアンアコーディオン》。

「飯糰。」金女士邊說邊做出捏飯糰的動作。

「當天的行程並不是前一天預定的，所以沒有準備太豐盛的便當，只用家裡現成的東西來做。因為有醃梅子和鱈魚子，所以就加進飯糰裡，上面再灑一點拌飯粉，然後也煮了雞蛋。」

「你們聊了些什麼話題？」

「我和先生結婚已經十年左右。當時我們聊說，這段期間雖然發生很多事，不過很快樂。跟年輕時比起來，現在到了四十歲之後真的比較快樂。年輕時原本覺得不想要變老，不過現在才知道，變老好像也不是那麼壞的事。」

*

高松知江女士是昭和十四年出生。她生前經營茶葉販賣，因為長年面對客人做生意，因此即使在這樣的情況，表現得也很大方，像跟朋友聊天一樣與杉江對話。她選擇的是小時候聽到的聲音的記憶。

「我的老家在愛知縣，住的房子在鄉下算是很大，所以每星期有兩次，在沒有訓練的時候，會請三位家住得比較遠的特攻隊員來吃晚餐。公車會在三點剛過的時候到達，這時就要去公車站迎接他們。我會迫不及待地進進出出等他們來。當他們來的時候，口袋裡會裝滿點心。我去公車站迎接，他們就會摸摸我的頭、給我點心，所以我也很期待見到他們。不過有一天，離別的時刻來臨。那天晚上他們喝了很多酒，家裡的酒都沒了。廚房裡在討論，『他們已經決定要赴死，就讓他們盡量喝酒吧。不過酒已經沒了，只好去別家借』。即使聽到這樣的對話，五歲左右的小孩子還是睡得著。我當時應該已經爬進棉被裡睡覺，後來有人過來把臉頰貼在我的臉上，然後抱住我說：『妳睡醒之後，到了隔天中午十二點，我會駕飛機過來跟妳道別。』」

高松女士盯著前方一點，非常流利地述說。她的說話方式有一種讓人無法分心的力量。杉江也停止記筆記，專心聽她說話。

「後來我睡醒之後，到了第二天接近十二點的時候，母親對我說：『飛機真的會來嗎?那個人是在喝醉的時候說的，也許是騙人的吧?這樣對鄰居會很不好意思。』她也說，『雖然希望找很多人來替他送行，可是他搞不好是騙妳的』。不過我還是說，『也有可能真的會來』，所以就拚命尋找手帕。那個時代物資缺乏，白色手帕上面有污漬。我不想要用髒手帕，於是就去找包袱布。我打開衣櫃抽屜，選了自己覺得最高級的縮緬包袱布，可是母親卻說：『人要死了，必須用白色才行。』就這樣到了中午，報時的聲音響起，我心想『只要是白色就行了』，拿了頭巾還是毛巾衝出去。我們家對面有一塊田，於是我就跟鄰居阿姨、母親和妹妹一起等，結果飛機真的飛來了。飛機盤旋兩圈半，最後只留下白煙飛走了，不過當時那個聲音，我一直都無法忘懷。」

高松女士一口氣說到這裡，或許是內心充滿感傷，沉默了片刻。

「季節是什麼時候？」杉江首度發言。

「當時院子裡的紫薇開著粉紅色的花，我記得滿熱的，應該是快到夏天的時候，距離戰爭結束已經沒有多久。所以到了八月，大人聽陛下宣布戰爭結束的時候，我就說『這樣不就好了嗎？不會有B－29飛來，也不用躲到防空洞』，結果我就被罵說『小孩子懂什麼』還挨打。我記得當時還說，『那些人為什麼要死』、『根本就是白死』之類的。」

「那位隊員的名字是什麼？」

「我記得不是很清楚，只記得三人當中有一位應該是姓吉田。等到過了很久，我會寫字之後——大概是小學三、四年級吧——我曾經寫信給那位的母親。我寫下飛機來道別之後飛走的情景。後來我收到那位母親字跡很工整的回信，可是上面寫的卻是：『我很難過，再也不希望回想起來，所以請妳再也不要寫這樣的信給我。』

我雖然是小孩子，卻感到很受傷，所以就撕掉那封信，之後也不知道明確的地址，只是一直記得發生過這些事，直到今天都當作只屬於自己的回憶。不過聊故人的話題，也是一種追悼方式，所以今天能夠在這裡說出來作為追悼，我感到很高興。」

高松女士說完，最後露出了笑容。

＊

「其實我很想念完高中，可是中途卻輟學了。後來我在鄉下待不下去——」

「您的故鄉在哪裡？」

「九州的長崎。一般來說，大多數的人會去名古屋或大阪，不過我決定直接去東京。不過我沒有文憑，要找工作也很難。」天野信子女士說到這裡，用有點撒嬌的聲音徵求杉江的同意：「你說對不對？」

根據天野女士的說法，她在來到東京之後，十七歲就進入酒家工作。她選擇的是二十歲成年禮的回憶。

「其實我很想參加典禮。當時我因為工作到仙台市，所以就在那裡借了服裝。光是能夠穿上成年禮的振袖和服，我就感到很開心。當時我有交往的對象，當天回東京之後，其實就跟他一起去帝國飯店，舉辦只屬於兩人的成年禮。那個人比我大三歲，個子很高。我的理想對象一直都是個子高的人。我喜歡踮腳尖去看對方的感覺。我因為是長女，總是被說『妳的年紀比較大，所以要如何如何』。其實我也很想撒嬌，可是卻無法如願。所以我的理想是個子很高、很溫柔、像父親一樣的人。說真的，我之所以會離家出走，就是因為父親很嚴格。從小我就沒有被父親抱起來之類的肌膚接觸，所以來到東京之後，我也曾經嚮往年齡差距大到可以當父親的人。我想一定是戀父情結吧。」

天野女士說到這裡，把手放在黑色洋裝的胸口，自我認同地點頭。

「我跟男人交往，失敗過很多次，也遇到很多傷心的事——被騙、遭到背叛，好幾次覺得男人真的太誇張了，我一輩子都不要再跟男人交往！可是我現在覺得，經歷過痛苦的事、悲傷的事，當然還有快樂的事，得到各式各樣的經驗是很好的。所以我可以大大方方地說，我遇過很多男人，從他們那裡也得到很多。」

「可以再問您一些關於成年禮的事嗎？」杉江拉回話題。

「好的。」

「那天的天氣怎麼樣？」

「那天在下雪。」

「這麼說，窗外是雪景。」

「是的，當時也在下雪。我應該有看到日比谷公園，不過因為下雪，所以行人不多。」天野女士望著面談室的窗外這麼說。

「當時有聽到什麼聲音嗎？像是音樂之類的。」

「我不記得了，只記得他的呼吸聲。他這個人怎麼說呢，絕對不會憑自己的欲望隨隨便便跟女人上床。他總是很尊重女人的心情。所以跟他在一起，我就覺得自己好像成為電影的女主角，希望可以永遠跟這個人在一起。後來我才知道他有太太，害我真的很苦惱。」

杉江在心中暗想「應該是被騙了吧」，但沒有說出來。

「您當時身上穿什麼樣的衣服？」

「我穿的是黃色洋裝，上面有圓點花紋。另外也戴了珍珠項鍊和耳環——不是假珍珠，是真的。」她說到這裡，有些得意地笑了。

「您當時跟他聊什麼樣的話題？」

「話題？」天野女士交叉雙臂，思考片刻之後惆悵地說：「他沒有跟我說『我愛妳』。」

她說完咬住嘴脣，表情顯得有些寂寞，不過杉江強烈感受到她不後悔的意志。

多多羅君子女士來到望月的面談室。她在星期一面談時，表情因為緊張而僵硬，不過今天顯得輕鬆多了。

「我最懷念幼稚園時期，所以想要選那時候發生的事。」

「您對什麼樣的事印象最深刻呢？」

「那時候的幼稚園跟現在不一樣，只有摺紙或唱遊之類的。不過當時的老師——瀨戶雪老師——很喜歡舞蹈表演之類的活動，帶我們到各地去表演。我們去過青山（不知道現在還有沒有）的青年會館、還有日比谷的大音樂堂跳舞。在日比谷的大音樂堂跳舞，是我最快樂的回憶。」

「跳什麼樣的舞？」

「因為是小孩子，所以算是童謠舞蹈吧。我們有時也會分成男生跟女生、製作統一的服裝，或是用同樣的蝴蝶結綁頭髮。」

「跳舞的時候搭配什麼曲子？」

「像是〈我想要一隻大象〉、〈麻雀跳舞〉、〈金太郎〉之類的，另外還有〈紅鞋子〉。」

「您穿著什麼樣的服裝跳舞？」

「當時有位本居長世先生，他有三位女兒，比較小的兩位穿著紅色的衣服。我哥哥說她們穿那樣很可愛，找遍東京替我買到同樣的服裝，我就穿那件跳舞。」

提起哥哥，多多羅女士便顯得神采飛揚。

「衣服的造型是什麼樣子？」

「那是一件紅色連身裙，不是很鮮豔的紅色，比較偏深紅色。領子邊緣和袖口有綠色滾邊，肚子的地方是罩衫的形狀，用類似刺繡的綠色的線縫起來，做出皺褶。領子是立式折領，袖子不是長袖，而是那個……好像叫作七分袖吧。袖口折起來有袖扣，胸前綁著細細的綠色蝴蝶結，總之真的很可愛。」

多多羅女士似乎很中意哥哥替她買的洋裝，連細節都記得清清楚楚。

「您現在也穿著紅色毛衣。」

「這也是別人送的，穿上去大家都說很適合，我猜大概是因為白髮的關係吧。我很喜歡受到稱讚，所以就穿這件。」

「這件衣服很適合您。」

望月這麼說，多多羅女士就捏著從外套袖口露出來的紅毛衣，害羞地說「謝謝」。

望月不太常稱讚女性的服裝，因此他自己也有點不好意思，低頭看手邊的資料。

「那天的天氣很好嗎？」

「這個我就不記得了。那裡應該是戶外的音樂堂，舞臺上雖然有屋頂，可是觀眾席是露天的，所以應該是好天氣。」

「令兄也來了嗎？」

「沒有。我家是開店的，所以哥哥應該在看店。每次我去表演回來，他似乎很想讓別人看到我的模樣，就會跟我說『我請妳吃紅色的飯』。現在回想起來，他指的應該是番茄醬雞肉炒飯。他帶我去以前那種古早咖啡廳，有兩、三位女服務生，光線昏暗，不過還不到看不清臉的程度。他會跟我說，『妳來跳表演跳的舞』。我因為想吃番茄醬雞肉炒飯，就會開始跳舞。接著輪到哥哥的朋友說，『小君，妳過來，我請妳吃冰淇淋』，我又會跟著過去。這大概就是最大的樂趣吧。所以說，我常常被食物引誘，被帶到那種地方跳舞。很好笑吧。」多多羅女士說到這裡，害羞地笑了。

「您跟買洋裝給您的哥哥很要好嗎？」

「是啊，一直到最後都很要好。」

「令兄已經……」

「沒錯，在三年前過世了。最後是我送他走的。」

多多羅女士說最後一句話的表情，不同於先前小女生般的笑臉，看起來宛若失去孩子的母親。

渡邊先生整個下午都坐在螢幕前看錄影帶。

不知不覺中，來到這裡第三天的傍晚即將來臨。這裡「一天」的時間到底有多長？比人世間的二十四小時更長或更短？他完全沒有頭緒。他也想到，或許就像浦島太郎去龍宮時那樣，人世間已經過了幾十年的歲月；不過就算這個想法是正確的，對他此刻的狀況也不會有任何影響。

他覺得情況好像隨著時間經過更加惡化。

此刻出現在螢幕上的，是自己即將從大學畢業時的模樣。場景大概是某個朋友租的房間。在四個半榻榻米大的狹小房間裡，有六個男生圍成一圈坐著喝酒。當時大概正值盛暑悶熱的夜晚，有的人身上只穿無袖內衣，從畫面中似乎也能聞到汗臭味。房間裡瀰漫著廉價香菸的煙，畫面好像蒙上一層霧般朦朧。這幾個人大概已經喝得很醉了，對話支離破碎，發音也變得不清楚。

在這當中，捲起襯衫袖子、戴著黑框眼鏡的渡邊先生用毛巾擦拭滴落的汗水，在螢幕中以格外充滿熱度的高亢聲音喊：

「所以說，必須由我們來改變現在的日本！」

「沒錯！」「這個社會太墮落了！」周圍的人也發出怒吼。

「我想要在死前，至少留下一個活過的證明。」

渡邊先生聽到從電視音響傳出來的這句話，不禁猛然一驚。當他確認這句話是從自己嘴裡說出來的，更加感到驚訝。昨天自己脫口而出的「活過的證明」這個詞，或許其實從年輕時就占據他內心很大的一部分，直到此刻才像化石出土般出現。

畫面中有個男人直到此刻都躺著抽菸，不太加入一群朋友熱烈的對話，這時才爬起來，一副不耐煩的態度說：「渡邊，你又開始了。證明？你想證明什麼？」

「我不想要進入公司、一直在那裡工作、然後平平凡凡地死去。我沒辦法忍受那種人生。我想要在時代中留下自己確實活過、存在過的印記再死去。」

畫面中的自己拚命說出來的話，完全沒有根基於現實，只突顯出年輕人特有的青澀，讓現在的他羞愧到聽不下去。

（活過的證明啊……）

渡邊先生在心中默念畫面中的自己不斷重複的這個詞。他覺得從背脊到脖子竄起一陣涼意。

（我雖然說過無法選擇、不了解選擇的意義，不過內心深處其實曾想過，「如果一定要選，大概會選學生時代」。我一直以為這個時期的自己最充滿希望，也最有活力。如果一定要我選擇，那麼我原本打算要說：「沒辦法，只好選學生時代了。」可是重新檢視當時的自己，根本就只是個乳臭未乾、死腦筋的年輕小夥子。這真的是我自認最有活力的時期嗎？那麼在這之後一直持續的平凡人生，到底會呈現什麼樣子？）

他開始後悔看這些錄影帶。在此同時，原本覺得還算幸福的人生，在他心中突然迅速褪色，變成不一樣的東西。

渡邊先生連嘆氣的心情都沒有，坐在螢幕前發呆。

這天很晚才來造訪望月面談室的，是一位名叫兒島真顯的三十二歲男性。他穿著深藍色西裝和白襯衫，規矩地繫著領帶，從外表也能看出他一板一眼的個性。他生前似乎是在航空相關的出版社工作。

「我有一段時期為了成為飛行員而接受訓練。當時只有一次飛在雲間看到的景象，是我印象最深刻的風景。」兒島先生壓抑感情起伏，一句句慎重地選擇要說的話。

「飛機是什麼樣的類型？」

「是一般稱為西斯納的四人座飛機。」

「從西斯納看到的景象是什麼樣子？」

「這個嘛……當時剛下過雨，因此地面上的景色可以看得很清楚。還有，當時我剛好飛過上下左右都被雲包圍的地方。一般來說，如果有那麼多雲，就得一邊躲開雲一邊飛；可是我當時即使不躲開，雲也會自動從我想要前進的方向緩緩退開，所以我就一直直線飛行。」

「您記得雲的形狀嗎？」

「雲的顏色幾乎是白色，形狀就像把祭典賣的棉花糖撕下一小片，或是整團棉花糖飄浮在空中。那些雲不會太大也不會太小，總之就是那種不會讓人害怕的體積，感覺很溫柔。」

望月聽到這裡，先停下來前往資料室，拿了上個月拍片時使用的小型飛機照片。他心想或許這次拍攝也能使用同樣的道具。

「兒島先生，您搭乘的西斯納是這種嗎？」

兒島先生看了一眼望月擺在桌上的照片，立刻強烈否定：「這個機型是派珀。西斯納屬於高翼機，機翼在上方。一般人會把這種飛機都稱作西斯納，不過那是製作飛機的公司名稱。我們所說的西斯納是指高翼單引擎機，而且是由西斯納公司製作的飛機。」

望月拿來的照片中的飛機，機翼的確在機身下方。這一來即使從駕駛座往下看，也會被機翼擋住而看不到地面上的風景。

「西斯納是高翼機，可以理解為機身掛在機翼上。高翼和低翼屬於完全不同的飛機類型，不可能叫我看這張照片來回憶。就算形狀不太一樣也沒關係，至少要拿高翼機來給我看吧？」

兒島先生說完，不滿地再度低頭看照片。

播放機內放入第二十五卷錄影帶。

典雅的咖啡廳播放著莫札特的音樂，白色的光線從窗外照入午後的店內。渡邊先生把剛理過的頭髮整齊地梳成七三分，穿著深藍色西裝並打領帶。他沒有碰放在眼前的咖啡，只是頻頻用手帕擦拭額頭上的汗水。

他的正面坐著一位穿著藍色洋裝、頭髮盤起來的美麗女孩。看來他們應該是在相親。像這樣旁觀，更突顯出他滑稽的模樣。渡邊看著自己緊張到極點的姿態，和畫面中的自己一樣擦拭額頭上的汗水。女孩在紅茶中加入砂糖，用湯匙攪拌，然後首先開口：

「你的興趣是什麼？」

青年停止擦汗，回答：

「看電影。」

「笨蛋！」渡邊先生聽了忍不住抱頭低語。（喂喂喂，你什麼時候有看電影的興趣了？）

女孩聽了，有些興奮地說：「啊，我也喜歡看電影，像是英格麗・褒曼、或是瓊・芳登的電影。你有沒有看過《秋戀》（註11）？」

「啊？」畫面中的男人做出模糊的回應，不知道是回答看過或沒看過。

「《蝴蝶夢》呢？」

「呃，啊……」

（我就說吧。）渡邊實在是很討厭愛慕虛榮的自己。

「渡邊先生，你喜歡什麼樣的電影？」

女孩努力延續快要中斷的對話，再次問。

「妳說的什麼樣是指……」

「比如說美國片或法國片。」

「我……我喜歡劍術武打片。」青年不知所措地歪著頭回答。

「像是阪東妻三郎（註12）吧？」女孩伸出援手，開朗地說。

「是的。」

「我父親也很喜歡，小時候我們常常一起去看。」女孩說完，又喝了一口紅茶。

11 《秋戀》（September Affair）和《蝴蝶夢》（Rebecca）都是瓊・芳登（Joan Fontaine）主演的電影。

12 一九〇一——一九五三，日本早期電影巨星，曾拍許多武打片。

青年看到她的反應似乎總算安心了，首度露出笑容。他把擦汗的手帕放在桌上，喝了咖啡。

渡邊先生覺得好像在看電視劇的一幕。不，如果這是別人演的戲劇，不知道該有多好。

（不應該是這樣。）

留在紀錄中的自己的模樣，一再背叛他的記憶。他沒有想過自己的自尊心有這麼高，也不記得自己在喝醉時，會做出在下屬面前炫耀自己年輕時代的低級行為。也因此，他原本以為自己是更誠實、更正直的人。

然而像這樣呈現在螢幕中的自己，不論是少年時期或青年時期，都是同樣愛慕虛榮、缺乏實際行動的輕浮的人。

（我該不會找不到任何值得選擇的回憶吧？）

渡邊先生感到焦慮，而更糟糕的是，館內開始響起日落的鐘聲。

就在同樣的時刻，在面談室A，望月與詩織坐在山本修司先生的對面。山本先生和渡邊先生相反，拒絕看錄影帶。鐘聲停歇之後，房間裡陷入真正漫長的沉默。

「假如我選擇八歲或十歲的回憶，那麼我就只能帶走當時的心情嗎？」

「是的。」望月平靜地點頭。

山本先生似乎無法信任這裡的制度，一再向望月確認。

「其他的事都會忘記嗎？」

「是的。」

他像這樣確認好幾次之後，總算抬起頭，對望月說：「這麼說的話，就像希臘神話裡叫作Lethe的河吧？」

「是的。」望月回答。「喝下Lethe之水，除去罪惡的記憶，然後喝下Eunoe之水（註13），想起美好的記憶前往天堂。您可以想成跟這樣的模式相同。」

山本先生聽了，閉上眼睛再度陷入沉默。

他的眼珠子在閉上的眼瞼後方跳動，讓詩織感到很詭異。

（好噁心。）

詩織在內心暗自咒罵。

她剛剛說完，山本先生就張開眼睛，看了詩織一眼，讓她擔心自己內心的話被聽見，連忙迴避視線。山本先生緩緩地將視線移向望月。

「這樣啊。既然能夠忘記，那裡的確是天堂了。」

13　引自但丁《神曲》。Lethe與Eunoe皆為死者經過的河流。Lethe也是希臘神話中的冥界之河。

山本先生說完，嘴上泛起些許笑意。這個笑容和他先前嘲諷的微笑不同。詩織看到山本高興地說「能夠忘記」，內心有些驚訝。她完全不懂兩人說的Lethe和Eunoe是什麼河，不過她試著去想像那裡的河水是什麼味道。

望月自認能夠理解想要忘記一切、什麼都不想回憶起來的死者心情。（就像每個人的長相不同，對回憶的態度也不一樣。其中也有人無法承受名為回憶的過去沉重的壓力，不願意去面對。不論是生者或死者都一樣。我們也必須理解他們這種脆弱的一面。我們的角色不是要責備他們的行為，也不是要審判他們。話說回來，也不需要予以同情或憐憫。即使同情，也沒辦法幫他們做出選擇。他們已經死了，所以重要的是要替他們解除背負的重擔。）

望月看著面前的山本，重新這麼思考。

職員在黑板前方，圍繞著辦公桌開會。黑板上以粉筆並排寫著二十二名死者的名字。已經選擇完畢的人被圈起來，在名字旁邊寫上簡單的筆記，像是「都電」或「橋上」等等。站在黑板前方的望月此刻圈起山本的名字，然後拍掉指尖的粉筆粉，回到座位。

「到頭來，他選了五歲的時候把一堆雜物拿到壁櫥裡、當成祕密基地的回憶。他說他想要選擇當時黑暗的場景。」

「黑暗的話，可以利用聲音重現，應該滿有意思的。」

杉江似乎是想要改變現場感傷的氣氛，故意用開朗的語調這麼說。

「不過他一定背負著不可告人的沉重過去吧。」

川嶋幽幽地這麼說，杉江便從桌子上方把臉湊近川嶋，對他說：「你呀，怎麼可以對每個死者都感同身受？就是因為這樣，你負責的死者才會遲遲無法決定。知道嗎？」

川嶋有些不滿地噘起嘴唇，點頭表示「好啦，我知道了」。

「還有，望月負責的吉本，原本不是已經決定要選迪士尼樂園嗎？」

「是的，不過她說她想要花今天一整天重新想想看。」

「望月，你個性體貼是好事，可是催促的力道不夠吧？選擇時間太晚，對這裡的所有職員都會造成困擾。」

「的確。不過她應該只要再花一天就能決定了。」望月因為已經習慣被念，因此輕描淡寫地回應。

「不要緊嗎？大家是不是誤會了這項工作？你們應該都知道不能光是默默聽對方說話吧？有時也要主動出擊，逼迫對方想出答案才行。」

「『逼迫』這種說法，未免太那個了。」川嶋迂迴地反駁。

聽到這句話，杉江的發言更具攻擊性：

「大家是不是都想讓死者覺得自己是好人？如果你們希望他們感謝我們在這裡的工作，我認為是很大的錯誤。」

「總之，每個人都有適合自己的工作方式。如果能夠在工作中反映出各位的個性，身為所長的我也會比較高興。」中村提出這樣的意見，接續杉江的發言。「不過有一點是確定的，那就是這裡不是審判死者的地方，而是原諒的地方。這一點，站在送行立場的我們在接觸死者時，必須確實認清，否則他們也會感到困惑。送他們走時對他們說『辛苦了』，才是最基本的。關於這一點，杉江也不要忘記了。」

中村說完，環顧四人笑了笑。

望月點頭，表示同意他的說法。

「那麼今天就到此為止，我們也對自己說聲『辛苦了』吧。」

「辛苦了。」

「辛苦了。」

五人對彼此說完，各自離開辦公室。望月與詩織要去探望渡邊先生，因此並肩走下樓梯。

「渡邊先生不知道怎麼樣了。」詩織似乎對他處於危機的狀態感到有趣。

「嗯。」望月顯得有些擔心。

「我覺得他現在應該像這樣。」詩織說完，雙手抱頭擺出滿面愁容。

在視聽室，渡邊先生正好擺出跟詩織一樣的動作，抱著頭看著螢幕。

畫面中出現的是一棟老舊日式建築。渡邊先生或許是在上班前，身上穿著襯衫，盤腿坐在矮桌前。他用筷子攪拌著納豆，雙眼從剛剛就一直在追蹤攤開放在榻榻米上的報紙。這棟平房看起來租金不是很高，室內大約六個榻榻米大，附設廚房。畫面更遠處，可以隱約看到在廚房工作的女性背影。柱子上的時鐘敲響七點，早晨的新聞廣播開始了。在昭和二十年代後半、總算稍微脫離戰後貧困的日本，這是到處可見的早晨景象。

畫面中的渡邊先生雖然才二十多歲，身段和眼神卻已經失去青春活力，顯得格外沒有霸氣。從他的姿態可以看出他已經習慣工作，對現在自己的生活也還算滿足。這一點反而讓渡邊先生感到憤怒不已。短短幾年前，他還在那邊高喊理想，可是現在卻很舒服地沉浸在還算可以的安逸中。畫面中的自己早已忘記自己說的「活過的證明」。渡邊先生對此感到無法原諒。

咚咚。

這時有人敲門。

「請進。」渡邊先生有氣無力地回應。

「會不會打擾到您？」

望月從門縫露出臉問。

「不會，請進。」

渡邊先生勉強用開朗的口氣這麼說，然後稍稍把椅子挪到旁邊，讓出空間給望月坐下。望月把靠在牆邊的折疊椅搬來，坐在渡邊先生旁邊。

「打擾了。」詩織用開朗的聲音說，並端著放在托盤上的茶杯進入房間。

她把茶杯放在渡邊先生面前，瞥了他的表情一眼，然後用托盤遮住自己嘴巴上的微笑，在望月的耳邊說：「我・猜・對・了。」接著她獨自靠在牆壁上，從兩人背後開始觀察他們。

望月看了螢幕一陣子，然後用開朗的語氣問渡邊先生：

「是新婚嗎？」

「嗯，差不多。」渡邊先生興致索然地說。

「我沒有結婚的經驗，所以很羨慕。」望月用鼓勵的口吻說話，並且對他微笑。

做好味噌湯的女人從裡面走出來，開始把碗放在矮桌上。她看到先生專心看報紙而忘了吃早餐，稍稍笑了笑，好像在說「真拿你沒辦法」，然後對自己的早餐輕輕合掌，拿起筷子開始吃飯。她是剛剛在影片中相親的女人。她和相親時一樣盤起頭髮，突顯出美麗的側臉。她坐下來之後，原本貧乏而簡陋的屋內只有那裡變得華麗。

青年似乎完全沒有發覺到她的美貌，仍舊面無表情地閱讀報紙。渡邊先生忍不住開口說話，彷彿是為了讓兩人的視線從畫面上的自己移開：

「這位就是內人，名叫京子。我們在前一年相親。」

這時望月的眼睛眨也不眨，盯著這位名叫京子的女性。為了避免被發覺到自己內心的動搖，他連忙找話來說：

「幸福嗎？」

「呃，是啊。」

「這樣啊。」

「沒什麼，只是很平凡的家庭。」

兩人之間持續進行無關緊要的對話。

詩織從後方看著兩人的互動，敏感地察覺到望月此時的反應和平常不一樣。她無法具體說出哪裡不一樣。硬要說的話，就是望月看著那位名叫京子的女人時，眼神和平日看詩織時完全不同。詩織輪流瞪著畫面中的京子及注視京子的望月，意識到自己內心變得不安。

畫面中的女人似乎完全不在意三人情感上的動搖，津津有味地喝著味噌湯。

「你想要換負責的對象？」中村驚訝地問。

「是的。」望月點了點頭。

這天望月回到自己房間之後，坐在桌前思考一陣子，決定造訪中村的房間。這時夜已經很深了。

「真難得，不像你平常的作風。你過去從來沒有做過這樣的要求吧？」中村從自己的桌前站起來，然後在望月坐著的沙發前方坐下。

當中村看到望月堅定的表情，又立刻站起來，緩緩走向書櫃，然後拿了一本天文學的書，一邊翻一邊用閒聊的口吻說：

「那是去年六月，所以很快就已經過了一年半了。你應該也記得之前在這裡工作的加藤吧？」

「是的。」

「當時處於多雨的季節，窗外的雨聲很吵。他在很晚的時間來到我的房間，跟我說要換負責的對象。他也坐在你現在坐的這個位子。他是正義感很強的人，這一點本身並不是壞事，可是他對於來到這裡的人也同樣嚴格。」

「我記得他和杉江常常產生衝突。」望月也抬起頭，用有些懷念的表情說。

「沒錯。當時他負責的對象是從事所謂老鼠會的人。他說他沒辦法負責那個人，可是我沒有答應。我認為那對他來說是好機會。他在來這裡之前從事不動產工作，根據他的說法，用了卑劣的手段賺了不少錢。因為這樣的過去，因此他在來到這裡之後，一直在後悔自己的謊言傷害了許多人。他大概無法原諒那樣的自己吧。當時他最後讓步，負責到最後，順利送走死者。我不知道他們之間有過什麼樣的對話，不過在那之後不到一個月，他就離開了這裡。俗話說，危機就是轉機，不是嗎？」

中村說到這裡，露出平常的笑容。

（中村先生到底知道我多少事情？）

望月覺得好像被看透自己的內心，低頭看著下方，不敢去看中村的臉。不過透視自己內心的光線，實際上感覺親切而溫暖。

望月走出中村的房間，獨自走在黑暗的走廊。

（也許我害怕面對他。不是害怕面對他這件事本身，而是接下來會發生的事。中村先生為什麼會稱此為轉機？）

望月邊思考邊回到自己的房間。他內心長時間封閉的沉重鐵門已經生鏽，現在的他連裡面封印的是什麼都想不起來了。他完全沒有想過要扳開這道門，和自己親手封印的東西重新展開對話。

詩織即使在洗澡時，也無法壓抑內心莫名的不快，躺在床上也沒辦法立刻睡著。她自己也說不清楚這種不快的情感，不過她明確地知道，這種情感和她對吉本香奈抱持的完全不同。

她當然並非不知道嫉妒這個詞，但是對她來說，此刻這種無處發洩的感情，只用這一個詞來說明未免太過勉強。

她從床上起來，注視掛在牆壁上的鏡子。接著她想起先前在錄影帶中的美女，便試著用雙手抓住自己腦後的頭髮，不過由於她的頭髮太短，因此不太可能盤起來。她找來橡皮筋和髮夾，用生氣的臉孔瞪著鏡中的自己，開始和頭髮格鬥。

渡邊先生在兩人離開房間之後，繼續坐在螢幕前，直到深夜。

他此刻看完第二十九卷錄影帶，畫面出現雜訊。

渡邊先生看著雜訊，在心中計算71－29=42，首次確認剩下的錄影帶數量。

「還有四十二卷。」

他說出口的瞬間，忽然覺得從音響傳出來的聲音好像沙漏的沙子落下的聲音。一旦產生這樣的聯想，他內心就產生極度的不安，感覺焦躁不已。然而此刻他重新體認到，自己無法停止沙子，也無法增加沙量。錄影帶就只有這裡現有的數量。

（沒錯，我已經死了。沒辦法重來了。）

渡邊先生盯著剩下的四十二卷錄影帶，這回總算清楚地自覺到這一點。

三人各自的夜晚就這樣過去了。對他們來說，星期三的晚上和昨天稍微有點不一樣；不過這樣的變化就好像天上的月亮在過了一晚之後，變得稍微胖一點或瘦一點那麼少，因此周圍的人幾乎都還沒有發覺到。

星期四　Relationship　關係

（左腳又變冷了。大概是睡褲捲起來，小腿變得好冰。）

詩織在棉被中俯臥，臉貼在枕頭上。或許是因為昨晚太晚睡的關係，睡眠不足的腦袋很混濁，遲遲無法恢復清晰。

（小時候，我曾經跟今天一樣，把小腿踢到棉被外面變得很冷，媽媽就替我用雙手摩擦取暖。那是幾歲的時候？我當時在半睡半醒的狀態中，躺在棉被裡只把左腳交給媽媽，感覺好舒服。）

詩織想起這樣的往事，在床上緩緩抬起上半身。經過昨晚的奮鬥，她完成了奇妙的髮型：她的瀏海往上梳，並用髮夾夾起來，完全露出寬廣的額頭，讓她看起來比平常更聰穎；不過在她的後腦杓，沒有盤起來的頭髮用橡皮筋綁起來，看起來就像某種動物的尾巴。

她穿著睡衣洗臉，注視鏡子，試著把這個尾巴從下往上彈起來。雖然和京子差很多，不過她決定把這樣的髮型當成個性。當她看著鏡子中的自己，又想起昨晚發生的事，自己也能感覺到心情頓時變得沮喪。

這時望月站在視聽室的門外，窺探裡面的動靜好一陣子。在走廊上也能隱約聽見音響播放的朦朧聲音。渡邊先生似乎已經開始看錄影帶了。

望月並不是下定強烈的決心才來到這裡。他並沒有要離開渡邊先生，或下定決心要深入參與，在保留態度的情況下姑且來到這裡。也因此，當他要打開門的時候，猶豫的心情再度升起。即便如此，他仍勉強說服自己「這是自己選擇的工作」，往前踏出一步。

咚咚。不知是否心理作用，連敲門聲聽起來都不太可靠。

「請進。」室內傳來渡邊先生疲倦的聲音。「早安。」望月拋開猶豫打開門，爽朗地打招呼並走進裡面。

兩人跟昨晚一樣，並肩開始看錄影帶。

渡邊先生對於讓外人看自己窩囊的姿態，心中並不是沒有抗拒，不過他從昨天一直看了自己四十多卷錄影帶，苦悶程度已經達到極限。他覺得如果有自己以外的人在這個空間，或許可以稍微逃避這個凝滯的狀況。

然而關鍵的影像在每次更換錄影帶之後，就逐漸缺乏起伏，變得更加單調。影片中只有從星期一到星期六往返於住家與公司之間、星期日一整天在家懶懶看電視的典型上班族生活。換了五卷、十卷錄影帶，播放出來的基本上都是同樣的畫面。他沒有很乾脆地將工作與生活分開、把重心放在家庭，也沒有在興趣的世界發揮自己的特色，而是認真勤勉地只專注於工作，因此反而更糟糕。

話說回來，他也沒有在工作上獲得太大的成功，或是升上很高的職位，而他本人也沒有這樣的欲求。在淡淡前進的時間之流當中，出現的變化只有在公司的職位從係長變成部長，辦公桌變得稍微大一點，頭髮則逐漸變得稀疏。

（當時的自己到底在想什麼、感覺什麼？生活到底有什麼樂趣？）

如果是體認到人生當中的挫折，自己選擇符合自身能力的平凡生活，那麼他或許也能接受；然而畫面中的自己卻是遲鈍的男人，完全沒有自覺到此刻的生活是來自挫折的結果。

渡邊先生看著畫面中的日常生活，感覺到自己被無為度過的七十年歲月復仇。

（有這麼殘忍的報復嗎？）

渡邊先生無法忍受繼續看下去，便按下播放機的快轉按鈕。畫面中的自己開始做出古早時代喜劇電影般的滑稽動作，然而這一來更突顯出重複的日常生活單調性，對他來說只是徒增痛苦而已。他想要緩和困窘的氣氛，便刻意裝出開朗、冷靜的態度，對旁邊的望月說：

「就算問你這樣的問題大概也沒用，不過我的人生到底有什麼意義？來這裡的第一天，我應該也說過，在來到這裡之前，我對自己的人生抱持自信，覺得應該還滿幸福的；但是在像這樣回顧之後，就覺得有很大的缺憾。我當然不是希望度過驚濤駭浪的人生，不過我以為至少會有某種意義或目的之類的。結果我一直在虛度時間。像這樣檢視起來，真的很受不了。」

「我過去也曾經像這樣陪很多人看錄影帶。其中就算是度過『驚濤駭浪』人生的人，有百分之九十以上的時間，也過著和平常人沒有差異的平穩生活。錄影帶是為了讓您理解到這一點。不過我認為所謂平穩的時間，絕對不是虛度。」望月已經拋開剛進入房間時的不自在，完全恢復專業面孔鼓勵渡邊先生。

「那是因為有不是虛度的百分之十，才能這麼說吧。我的情況不一樣，什麼都沒有。自己在那邊說想要『活過的證明』，可是卻這副德性，實在是太丟臉了。我當然不是像小孩子一樣，妄想要名留青史，可是——」

「不過您也順利工作到退休了。」

「那是因為我寄望退休金，借了三十年貸款蓋了房屋。就算想辭職，也沒辦法辭。順利工作到退休，根本不是什麼大不了的事。」渡邊先生自卑地說。「還可以的學歷、還可以的工作、還可以的婚姻，然後接下來就是還可以的老年生活。」

「不過您昨天說過，自己的婚姻很幸福。」

「嗯，是啊。我當然覺得自己算是幸福的。雖然沒有小孩，不過婚姻應該很成功，甚至對我來說太奢侈了。另一方面——這種話由我說出口，對老婆或許很抱歉

——我們並不是因為彼此熱戀而在一起的。我們是相親結婚。別笑我一大把年紀還在意這種事。我在十幾歲的時候，對戀愛也有憧憬。說起來很害臊，不過我也曾經想要談一場轟轟烈烈的戀愛。那樣的願望當然沒有實現。」

「有這種想法的不只是您。在我們那個年代，像這樣的人比較多吧。」

兩人之間陷入很長一段沉默之後，渡邊先生詫異地轉向望月說：

「你剛剛說『我們』？」

望月內心想「這下麻煩了」，不過還是決定說出來。

「事實上，我是大正十二年出生的。因為二十二歲就死了，所以保持年輕時的模樣，不過如果現在還活著，就已經七十五歲了。」

渡邊先生緩緩地看著望月的臉。他一開始完全無法理解望月說的話，不過勉強知道對方也是死者。接著他又為了望月和自己屬於同一世代而感到驚訝。

（這種感覺就像在夢中見到戰死的同學吧。）

渡邊先生花時間如此理解之後，重新端詳望月的臉。

「這樣啊。」

「是的。」

「你是在那場戰爭中……？」

「是的。我在菲律賓外海的海戰中受傷，最後在東京的醫院死去。」

「哪一年？」

「昭和二十年五月二十八日。」

望月邊說邊感到躊躇。

（我自己都已經有幾十年沒想起過去的經歷了。雖然是剛好提到，不過我竟然對自己負責的死者談起這個話題，到底是怎麼了？我不是為了做這種事來這間房間的。聽了我的經歷，他也只會感到困惑而已。果然是為了昨天的事，心裡還無法平復吧？）

望月告誡自己，不要再談自己的事了。

房間裡陷入奇妙的沉默。這樣的沉默籠罩在看似年齡差異超越父子、其實卻是同世代的兩人身上。然而此刻兩人沉浸在各自的思考中，以不同的角度咀嚼這段沉默。

同一時間，川嶋正在面談室和伊勢谷對談。伊勢谷一反昨天的態度，以認真的表情坐在川嶋對面。

「為什麼不能選擇將來的夢想？」

「就是不能選擇將來。」

「可是那個……」

「你要從過去發生過的事選擇才行！」

「可是那只是過去吧？只不過是記憶而已。記憶這種東西，我認為會因為個人的印象改變。當然因為是實際發生過的事，所以大概會有一定的真實性，不過比方說，如果像拍電影一樣，把我將來的夢想設定各種場景來拍，完成的影片應該會比記憶感覺更真實。那樣的話，應該會比重現過去更有意義吧。」

川嶋默默地聽他說話。

「如果要說已經死了無可奈何，那也沒辦法，但是要我只活在過去同樣的某個瞬間，對我來說是很痛苦的事。」

「這樣啊。」川嶋似乎不太了解伊勢谷在說什麼。

「不行嗎？」

「嗯，你得重新思考才行。」

「不對，我認為這裡的體制才應該重新思考。」伊勢谷說完，直視川嶋的眼睛。

「真傷腦筋。怎麼辦呢？」

伊勢谷應該也是以他自己的方式，仔細思考過在這裡要做的事，並且試圖摸索自己能夠接受的形式。這一點川嶋也已經了解了。

＊

「這裡到了春天開花的時候，會很漂亮吧？」

今天不知道是第幾次，西村女士從面談室的窗戶俯視中庭，再度提出同樣的問題。

「到了春天會很漂亮。」川嶋在桌面上整理文件，完全沒有露出不耐煩的表情，以同樣的笑容一再回答。

「櫻花也會開花嗎？」西村女士突然問。

「會呀。啊，婆婆，您喜歡櫻花嗎？」

川嶋這樣問，西村女士便望著中庭點點頭。

「我也很喜歡櫻花。」

川嶋說到這裡，停止填寫文件，從外套內側的口袋小心翼翼地拿出某樣東西。

那是一張照片。照片中川嶋和三歲左右的小女孩並肩站在一起。在笑咪咪的川嶋旁邊，穿著紅色裙子和白色褲襪的小女孩低著頭、抬起眼睛瞪著鏡頭。或許是因為他總是隨身攜帶，這張照片雖然不是很舊，四個角卻已經有些彎曲了。

川嶋盯著這張照片好一陣子，然後站起來，靦腆地搔搔頭走到西村女士旁邊。

「這是我的女兒。因為是四月出生，所以取名叫櫻子。她這個時候三歲，這是我跟她拍的最後一張照片。妳看，耳朵的形狀跟我很像吧？」

川嶋在西村女士旁邊，用大拇指輕輕撫摸照片中女孩的臉。

「我來這裡已經三年了，所以她現在六歲。現在是請阿嬤來帶她，可是我很擔心她。依照這裡的規定，只有盂蘭盆節才能去見她。我打算每年去見她，直到她二十歲成年禮為止。身為父親，我希望能夠至少盡到看她長大的責任，所以才會留在這裡。我離開的時候她才三歲，不知道記不記得我。」

川嶋嘆了一口氣，把視線從照片移到窗外。

西村女士不知是否聽進了川嶋的話，跟先前一樣帶著溫和的笑容，坐在川嶋旁邊繼續望著中庭的景色。

同一時間，杉江在圖書館收集重現記憶用的資料。他一手拿著第二次世界大戰軍服的書、以及收集美國香菸盒的雜誌等，現在則在尋找天野女士用的帝國飯店照片。

這裡的書籍和雜誌跟一般圖書館一樣，依照「政治」、「經濟」、「文化」等類別排列，其中譬如「文化」又分成「文學」、「繪畫」、「戲劇」等更細的種類。杉江在「建築類」的區域找到《帝國飯店百年史》這本書，便抽了出來。

他在書架前翻了一下這本書，忽然注意到一張照片。他盯著這一頁片刻，喃喃自語，點了兩、三次頭，在這裡貼上便利貼，然後跟其他資料一起抱著走出圖書館。

杉江以廣播呼叫天野女士，地點不是面談室，而是他的房間。天野女士在等待杉江泡紅茶的時間，坐在餐桌前方，拿起杉江剛剛借的《帝國飯店百年史》閱讀。

煮沸的開水注入茶壺之後，沙漏被倒置。白色的沙子靜靜地開始掉落。再等一分鐘左右，紅茶就會泡好。杉江把茶壺和茶杯放在托盤上，端到天野女士面前。

「好懷念，就是這個。房間裡擺了一個叫什麼洛伊的知名美國設計師設計的椅子，椅背是六角形，造型很奇怪。還有，走出正面玄關，有一個很漂亮的蓮花池。」

天野女士看著杉江的臉，很懷念地說。

「沒錯嗎？」

杉江把茶杯擺在桌上，瞥了她一眼這麼問。

「沒錯。」她再度翻書。

「不過有一點很奇怪。」杉江改變先前的口氣說。

「嗯？」

「妳說過，在成年禮那天晚上住在飯店吧？」
「是啊。」
「妳現在是四十七歲，對不對？」
「對呀。」
「事實上，這間飯店從一九六七年十二月一日，就開始進行拆毀工程了。」
杉江說到這裡，把手伸向她手中的書，翻到貼了便利貼的那一頁。
這一頁有一張為了重建而拆毀後的帝國飯店照片。日期是一九六七・十二・二十。
「計算起來不太對，至少差了四歲。」
天野女士拿著書，表情變得僵硬。
沙漏裡的白沙都落完了。杉江確認之後，拿起茶壺替她的茶杯倒了琥珀色的紅茶。溫和的香氣瀰漫整間房間。
「請用茶。」杉江敦促她，並在自己的茶杯中也倒了茶。
「老實說……我在遇到現在的丈夫時，已經過了三十歲，所以就稍微謊報了一些年齡。」
杉江露出愉快的笑容。「原來如此。」

「而且啊，女人都希望看起來比較年輕吧。」天野女士吐出舌頭。
「妳先生到現在都不知道嗎？」
「嗯。我才不會撒那麼容易被看穿的謊言。」她挺起胸膛說。
天野女士或許是在說出來之後感到安心，表情和緩下來，把三顆方糖放入紅茶裡，用茶匙攪拌。銀色茶匙碰到茶杯，發出清脆的聲音，好像在笑。
「老實說，我也謊報了五歲左右。」杉江突然一本正經地這麼說。
「真的？」天野女士驚訝地抬起頭，在此同時茶杯撞到盤子，發出短促的悲鳴。
「我謊報的不只是年齡。我在這裡使用杉江這個名字，不過這不是我的本名。我的公司在泡沫時期倒閉，於是我向地下錢莊借了錢，後來就一再逃亡。我報過的姓氏有村上、柏木、山本……另外也謊報過『王』這個中國姓。最後使用的是杉江，所以我在這裡也姑且用這個姓。大概連我的家人都不知道我已經死了，到這種地方來。」
杉江面無表情地盯著桌上的沙漏。
「真的啊。」天野女士同情地低聲回應。
杉江聽到這句話，眼中透出一絲笑意看著她的臉。
「假的。」杉江說完，張開嘴巴哈哈大笑。

天野女士呆呆地看著杉江。

「這一來就平手了。」

「原來是假的，嚇我一跳。」

天野女士知道自己被騙了，也哈哈大笑。放在窗邊的煮水壺緩緩地冒出一縷白色蒸氣。天野女士嘴上殘留著笑容，望著蒸氣逐漸消失。

過了片刻，她把一口紅茶含在口中，然後吞下去。她把手中的茶杯放回桌上，深深吸入一口氣，然後發出不知是好笑或悲傷的「呵呵」笑聲。

「老實說，雖然我一直等他，可是其實他沒有來。」

她說完放鬆肩膀的力量，再次吐出宛若輕聲嘆息般的笑聲。房間籠罩在靜寂中。剛剛還在煮水壺底部發出「滋滋」聲的熱水，不知何時也沉默了。

杉江以格外親切的表情看著她。她身上的香水氣味和紅茶香氣混合在一起，隱約鑽入杉江的鼻子。

「這件事就別說出去吧。」

杉江用說悄悄話的細微聲音對她說。

她驚訝地看著他問：「不要緊嗎？不是要重現回憶嗎？」

「沒關係，只要妳願意就行了。大家都或多或少在做這種事，只是本人有沒有自覺的差別而已。」

「這樣啊。」

「就是這樣。」杉江說完小聲地笑了。

「那我就放心了。」

「我並不討厭謊言。既然妳喜歡這樣的謊言，那也是妳自己的一部分。」杉江說完走向窗邊，從水槽下方拿出一瓶威士忌。他拿著裡面剩下一半的威士忌和兩個玻璃杯回到天野女士面前，問她：「要不要喝一杯？妳應該會喝吧？」

「唉呀，可以嗎？」她露出高興的表情。

杉江把威士忌倒入玻璃杯中，瞥了她一眼說：「這件事也不能說出去。」

她接過玻璃杯，把杯子舉到面前說：「當然了。」

杯子碰撞在一起，發出清脆的聲音。杉江心想，這種戲劇化的舉動，或許正適合作為這個場面的結束。

「紅茶是為了喚起回憶，酒是為了遺忘。」杉江說完，把杯中的酒一飲而盡。

沒有人知道兩人之間的這段對話。乖乖坐在床邊的牧羊犬溫柔的臉也看著窗外，假裝什麼都不知道。

在視聽室的望月被廣播呼叫到面談室。看來是吉本香奈決定好要選擇什麼回憶了。望月走上通往面談室的樓梯，內心鬆了一口氣。他雖然自己主動前往視聽室，但是和渡邊先生兩人單獨相處，讓他感到格外緊張。也因此，吉本的事成了他從緊張得到解脫的好藉口。

「那應該是我三歲的時候，夏天院子裡開著向日葵，還有晾著的白色衣物在搖晃。我躺在媽媽的膝蓋上，讓她替我挖耳朵。她說『好了，另一邊』，我就轉向另一邊。我記得面對肚子時聞到媽媽的味道，還有自己的臉頰貼在媽媽腿上的感覺，很軟、很溫暖。雖然當時沒有感覺到『好幸福』，不過有種很懷念的感覺。」吉本說到這裡，露出有點害羞的表情。

望月似乎也總算安心了，邊點頭邊聽她說話。面對這樣的兩人，望月身旁的詩織卻面無表情。

蹬蹬蹬蹬。

詩織用力踩著階梯上樓，綁在腦後的頭髮隨著她的步伐上下搖晃。

（感覺真是不愉快。）

詩織內心這麼想。

（基本上，那個女生要選什麼，跟我一點關係都沒有。我一開始就覺得隨便她怎麼選。她如果想選迪士尼樂園，讓她選就好了。）

詩織內心充滿苦澀，感覺好像自己隱藏的回憶被偷看、並且被奪走了。為了盡快把剛剛在面談室發生的事變成過去，她像逃跑般上了樓梯。這時她發覺到跟在自己身後小跑步的輕微腳步聲。當她正產生不好的預感，就有人從後方對她說話。

「那個……」

詩織在樓梯間的平臺停下腳步，果然看到吉本跟來了。

「什麼事？」詩織若無其事地裝出跟剛剛一樣的撲克臉。

「謝謝妳幫了我很多。」吉本向她鞠躬，並且笑了笑。

「總比選擇迪士尼好一點吧。」

「是啊。」

吉本似乎絲毫沒有察覺到詩織話中的惡意，更讓詩織感到不知所措。

詩織忍不住問：「妳記得三歲時候發生的事？」

「嗯，不過只有大概的印象。」

「哦。」

「妳不記得嗎？」吉本以天真無邪的表情反問。詩織感覺到兩人的立場好像逆轉了，連忙說：

「我當然記得。像是我爸背我的時候，他的背又大又結實，然後有點汗水的味道，頭髮上抹了一點髮油臭臭的。」詩織邊說邊靠在平臺的窗戶，裝出懷念孩提時代的表情。她的背後的旁邊，就是那塊唯一換新的玻璃窗。

詩織再度恢復獨處，內心感到無法忍受的自我厭惡。她回到房間，但立刻又打開門到頂樓。

頂樓跟平常一樣空曠無人，很適合她此刻的心情。詩織每次遇到不順心的事，就會跑到頂樓。這裡幾乎沒有人會上來，因此非常適合想要獨處的時候。詩織像蹺課溜出教室的時候一樣，在頂樓閒晃之後，靠在扶手上。她把臉半埋在交叉放在扶手的雙臂之間，俯視中庭。從遠處吹來的冷風撫摸她的臉頰，然後流到背後。

中庭有幾位死者在散步或聊天。詩織看到聚集在長椅附近的三人在笑，不過因為距離太遠，聽不出他們在說什麼。詩織不知為何感覺他們好像在說她的八卦並嘲笑她。

詩織離開頂樓，來到她剛剛和望月在一起的面談室門口，但室內沒有人，只有空空的桌椅靜靜地擺在那裡。

她衝下樓梯，前往望月的房間。她在房間門口調整呼吸，像平常一樣敲兩下毛玻璃。玻璃產生震動，但裡面沒有人影在動，也沒有聲音。

詩織像是和母親走失的小孩一般，感覺自己好像孤伶伶地被丟在這裡。她在設施內四處尋找望月，但沒有明確的目的，也不知道在找到望月之後要對他說什麼或做什麼，只是因為他不在而感到極度不安。

這時她突然靈機一動，前往「視聽室」。她在前往那裡的途中，內心越來越確信望月在那裡。她沒有敲門就打開門，果然看到望月跟渡邊先生並肩注視著螢幕。

電視螢幕上映著老夫妻的身影。畫面中的渡邊先生坐在客廳沙發上，膝上蓋著毛毯在打瞌睡。坐在前方餐桌前的女性戴著老花眼鏡在看書。她的側臉雖然增添了歲月的痕跡，不過詩織一眼就看出她就是望月昨天注視的那位京子。在詩織眼中，京子此刻的身影和記憶中望月讀書的身影重疊在一起。詩織在這裡也感到自己珍惜的回憶好像被奪走了。

渡邊先生和望月聽到用力開門的聲音嚇一跳，轉身看詩織。「打擾了。」詩織不知該如何發洩情緒，便盡可能用充滿譏諷的語調說完，然後用比剛剛更大的聲音關門。

「妳要去哪裡？」望月朝著已經開始走的詩織背影問。

「我要去勘景！」

在粗暴的闖入者離去之後，兩人繼續並肩觀賞錄影帶。錄影帶已經看到第六十二卷。螢幕中，在京子讀書的旁邊，渡邊先生開始大聲打鼾。渡邊先生從自己的身影迴避視線，厭煩地深深嘆了一口氣。

「這樣根本不知道是活著還是死了。每天都在吃飯、看報紙、看電視、睡覺，一再重複。唯一產生變化的地方，就只有自己逐漸變老。剩下的不用看也一樣。」渡邊先生指著剩下的八卷錄影帶說。

「也有人覺得這樣的時間累積是幸福。渡邊先生覺得很無聊的生活，在我這種人眼中，會感到很羨慕。」這應該是望月的真心話，不過渡邊先生聽了他鼓勵的言語，首度顯露出焦躁的態度。

「羨慕？你又知道我的生活是什麼樣子了！拜託，請你別再說幸福幸福了。像你這種人，怎麼會知道打混活了七十年的人的心情？請不要說這些表面話來安慰我或體貼我。這樣只會讓我感覺更悲慘！」

面對發怒的渡邊先生，望月不知該說什麼。

兩人再度陷入沉默。宛若要突顯此刻的沉默般，畫面中的鼾聲更大聲了。望月向渡邊先生道歉，然後走出視聽室。

獨自留在房間裡的渡邊先生交叉雙臂，閉上眼睛。他內心同時存在著因為對望月咆哮而歉疚的心情，以及總算能夠獨處而鬆了一口氣的心情。老實說，他無法忍受繼續和那個叫望月的青年一起觀賞自己的晚年生活。

他想要前往餐廳喝茶，便走到走廊上，看到自己剛剛所在的隔壁房間窗內有燈光在閃動。雖然隔著毛玻璃、無法看清裡面的情景，不過那似乎是錄影帶的影像。他豎起耳朵，聽不到室內傳來的聲音，但他確定裡面有人在動。

（除了自己以外，還有別人也沒辦法選擇，所以在看錄影帶。）

渡邊先生這麼想。他找到夥伴，不禁高興得露出笑容。

（不是只有我一個。）

他當然知道，多一個無法做選擇的人也不能改變什麼，不過他仍舊以抓住僅有希望的心情敲門。

「誰呀？」裡面傳來的是女人的聲音。人影朝這裡接近。

渡邊先生忐忑不安地等待。

打開門出現在他面前的是野間女士。

渡邊先生面對意外的發展，說不出話來，只能僵立在原地。

野間女士親切地對渡邊先生微笑。「請進。我剛好想要去找你。」她邀請不知所措的渡邊先生進入房間，再度對他笑著說：「來吧。」

房間裡和渡邊先生先前所在的視聽室完全一樣。不過在這個房間的桌上，只有一個錄影帶空殼。

「妳在看錄影帶嗎？」渡邊先生呆站在門前問她。

「是的。」

「是畢業典禮嗎？」

「不是。」野間女士露出有些淘氣的表情搖頭。

渡邊先生感到不解，她便繼續解釋：

「我本來已經決定要選畢業典禮，可是我心中有很在意的事，所以就去問這裡的杉江先生。他告訴我說有錄影帶可以看。雖然過了約定期限，不過我拜託他，他就很親切地替我準備。」

野間女士說完，按下暫停的播放機，開始播放影片。

畫面中是一棟古老的日式平房。靠檐廊的房間鋪了棉被，野間女士躺在那裡。季節大概是冬天。在沒有很大的院子裡，種植著柿子樹、楓樹等幾棵樹。院子沒有打掃，積了很多落葉。

野間女士指著畫面說：「你看，這個院子和這裡的中庭荒蕪的感覺很像，所以我才想起來。」

影片中的她在睡衣上穿著開襟毛衣，在棉被裡抬起上半身。

「這是我死前一年左右吧。」

畫面中的野間女士朝著房間的拉門後方擔心地說話。過了片刻，拉門打開，出現一名中老年的男人，大概就是她先前提過的丈夫。男人眉間深鎖的皺紋，述說著他難搞的個性。

然而和他的表情格格不入的是，他雙手捧著托盤，上面放著剛做好的稀飯，不斷冒著蒸氣。他雖然過去造成太太許多困擾，不過此刻想必是為了臥病在床的太太，發揮了不熟練的廚藝。他面不改色地把稀飯端過來，然而在快要到達太太枕邊時，不知為何失去平衡，發出很大的聲音把稀飯連托盤摔到棉被上。

在看得目瞪口呆的野間女士面前，慌亂的男人連忙伸手想要把棉被上的稀飯撈回鍋子裡，卻因為太燙而嚇得叫出來。野間女士跳出棉被，從廚房拿抹布來，立刻開始擦丈夫的手。男人扭曲著臉，把雙手伸到太太面前。先前寧靜的冬天午後景象立刻變成一齣鬧劇。

「哈哈哈哈。」野間女士看著這幅景象，似乎打心底覺得好笑，邊笑邊按下暫停鍵說：「我決定不選畢業典禮了。」

「這樣啊。」渡邊先生不知為何變得有些感傷。

「我把他獨自留在那裡，他現在應該很辛苦。所以我就給他一點優惠吧。」野間女士說完，有點羞澀地聳聳肩。

渡邊先生輪流看著此刻的她和暫停的畫面，感到原本變得緊縮的內心逐漸紓解開來。

詩織衝出設施、來到地面，首先前往槌球場。建在大型社區大樓隔壁的這座球場上，有幾十個老人穿著同樣的隊服在比賽。和詩織的想像不同的是，他們在比賽中會高聲大喊，並且跑動得頗為激烈。她拍下這些人的照片，在地圖上做記號。她的工作就是像這樣替明天的拍片做準備。球桿敲在球上發出的高亢聲音，在她心中形成舒適的共鳴。

接著她造訪位於神社境內後方的竹林。太陽斜斜地照射在竹林裡，感覺很溫暖。附近或許有人收集枯葉在焚燒，白色的煙穿過竹林之間飄過來。

詩織覺得長在竹子根部的不知名黃花很可愛，拍了好幾張照片。這時風吹來，整座竹林宛若一隻巨大生物般搖晃。

遠藤的高中在詩織以前上的學校附近，因此她立刻就找到了。遠藤在面談時曾說「制服是西裝外套」，但是詩織實際來到這裡，卻發現是黑色高領外套。詩織腦中浮現遠藤的臉，猜想他一定是不想在拍攝時穿高領外套。詩織能夠體會他的心情，因此決定不要把這件事告訴別人。不過另一方面，她也很想看看告訴遠藤本人這件事時會得到什麼反應。

她拍完鞋櫃，走出校舍，攤開地圖準備前往下一個拍攝地點。這時從校舍另一邊乘風傳來社團活動的聲音。詩織豎起耳朵，聽見網球拍擊中球的聲音、社團指導老師吹哨子的聲音、金屬球棒打中球的聲音。管樂隊大概是在音樂教室進行練習前的調音，可以聽到還沒有調好音準的樂器發出脫線的聲音。詩織雖然拍了照片，卻無法帶回這些聲音，內心感到有些遺憾，低頭注視著手中的相機。

她從來沒有覺得學校生活有趣過，不過聽到這些宛若打翻玩具箱、亂七八糟的聲音，不知為何感到有些懷念。她把地圖折起來放進包包裡，決定暫停勘景，前往她以前上的高中。

當她抵達位於涉谷的高中時，已經是傍晚了。學生似乎都已經回家，校舍裡沒有人在。

詩織走在無人的校舍裡。雖然才經過一年，她已經感覺校舍有些陌生。話說回來，她在學校的最後一年幾乎都沒有出席，因此會感到陌生或許也是很正常的。她從窗戶看到屋頂上的校旗飄揚在日落後的天空。詩織覺得自己好像是第一次看到這面旗。

她舉起相機想要拍下這張照片，但還是作罷。她離開學校，前往上下學常走的渋谷中央街。店裡設置著和她以前每天經過時不一樣的大頭貼機器。她不認識、但穿著和她相同制服的女生在機器前擺姿勢，看起來很快樂。詩織從西班牙坂穿過公園通，探視以前常去的漢堡店，剛好看到一年前還在一起玩的朋友。兩名朋友並肩坐在面向街道的吧檯座位，邊喝果汁邊聊天。

詩織原本想要走近她們，卻停下腳步。因為兩人看起來太愉快了。她們似乎已經忘記詩織曾經在這裡，而現在已經不在了，就好像她從來不曾存在過。

她咬住嘴脣。即使自己不存在了，其他人的生活還是像這樣毫無變化地反覆。她死後才過了一年，自己活著的痕跡就已經沒有留在任何地方。如此理所當然的事實，卻讓她感到焦躁。

街上雖然到處都是人，詩織卻覺得比獨自在設施頂樓時寂寞好幾倍。

渋谷的街道完全天黑了。詩織走在聖誕節前的燈飾開始綻放繽紛光彩的街上，回到設施。

五個人照例聚集在辦公室，在接下來與技術人員召開會議前，先進行討論。詩織就像忘了做功課、被叫到教職員室訓話的學生般，臭著一張臉坐在川嶋對面。

「詩織，妳認真點。妳去拍竹林，拍回這種照片要做什麼？」川嶋把勘景的照片一張張丟到桌上。

「因為很漂亮。」

詩織憐愛地拿起被丟到桌上的花卉照片。這張照片裡有好幾朵黃色的花，不過幾乎沒有拍到竹林。

「漂亮？這種照片對重現場景一點用都沒有。認真點，明天就要開始拍了。那座竹林到底是什麼樣子？」

「就是普通的竹林。」

「所以說，普通是什麼樣子？」川嶋煩躁地問。

杉江與望月在自己的座位上填寫文件，偶爾抬起頭關心兩人的對話。中村也假裝在檢查文件，在兩人後方走來走去。

「所以說，竹子像這樣，從下往上長出好幾根。」

「那不是廢話嗎？難道竹子會從上往下長嗎？又不是樹根。真是的！」川嶋說完抓頭。

「所以我就說是普通的竹林嘛！」詩織把臉轉向旁邊，用故意讓人聽見的聲音喃喃自語。

「真是受不了妳。不能老實一點嗎？喂，妳都不會說一句『對不起，我以後會更努力』之類的嗎？」

川嶋原本湊近詩織的臉說話，不過最後似乎束手無策，把手中剩下的照片都丟到桌上。

「妳到底是受到什麼樣的教育長大的？」

「跟你家的櫻子一樣。不記得爸爸的小孩子，就會變成這樣。」詩織懷著孩子氣的惡意說完，像是在表明無法繼續忍受般，故意發出很大的聲音站起來走向門口。

「不要把她跟妳扯在一起！」川嶋從詩織背後對她怒吼回去，然後在她離開房間之後又抓抓頭，似乎覺得搞砸了。

中村經過川嶋後方，拍了兩下他的肩膀，像是在安慰他「別洩氣」。川嶋抬起頭看中村，用沮喪的聲音說：「我當然會洩氣。現在的年輕人都很難應付。」

「川嶋，別在意，不是所有的十八歲女孩都像她那樣。」杉江盯著文件對他說。

「就算不管詩織的事，我也覺得這裡的工作不適合我，只是迫不得已才做。不過我有時候也會想，我們的工作到底是為了什麼存在的？重現死人的回憶，有什麼用處？」

川嶋不知是在嘆息或是自言自語，接著也開始整理自己的文件。

望月一邊繼續工作，一邊思考川嶋剛剛的問題。這個問題就像小小的刺插在望月心中，有好一陣子沒有消失。

他至今已經從事這份工作五十多年，但是在被問到這個問題時，他發現自己沒有確切的答案。他心想：剛開始做這個工作的時候，自己一定也像川嶋那樣煩惱過，不過或許是每天忙碌工作，再加上五十年的時間，讓自己遠離那種本質性的問題。望月在辦公室瀏覽資料，開始認真思考在這裡工作的意義。

為了明天拍片進行的會議開始了。除了詩織以外的四名職員、攝影師、燈光師，還有兩名美術人員等共八人圍繞著會議桌。桌上有堆積如山的文件和參考資料，另外還有零戰塑膠模型和路面電車小型模型。

啪啦啪啦啪啦。

手提音響播放著螺旋槳飛機的聲音。

「這是七號高松知江女士的案例。」杉江按下停止鍵開始說明。職員各自低頭看手邊拿到的資料。

「這是她在昭和二十年夏天，揮著白布替特攻隊青年送行的回憶。重點是聲音，還有紫薇粉紅色的花。另外還有她在送行時揮的白布吧。」

「我想可以用保麗龍切成機翼的形狀，讓影子掠過送行的人身上怎麼樣？」攝影師鋤田提出這樣的點子。

「我有一個請求：地面最好要盡量偏白，影子才會比較明顯。」燈光師中村提案。

「那就拿噴火槍烘乾整片地面吧。」美術人員郡司回答。

「使用火的時候，務必要特別小心。」所長中村提醒他們。

「白布是什麼樣子？」美術人員磯見問杉江。

「她說是頭巾或毛巾，不過不是很清楚。還有，在拍攝時，她本人會和童星臨時演員一起揮頭巾。」

「場景是一九五五年左右的都電車廂內。他在暑假前一天站在駕駛旁邊，全身迎著風，享受解脫感──」

「都電就用上次使用的板橋區公園裡的舊車廂。風的話，大概還是得搬小型風扇進去吧。雖然有點窄。」

「要營造夏天陽光的感覺，在這個季節會有點困難。可以的話，希望能用黑白底片，讓車窗外曝光過度變白。」

「對了，他說顏色不是特別鮮豔，比較接近黑白。」

「還有，熱度也很難用影像呈現，所以就用噴霧在脖子上灑上水滴。」

「他看到的風景，要不要在攝影機前點火，製造搖晃的感覺？」

「在移動攝影中會有點困難，不過可以挑戰看看。」

「根據他的說法，雲朵像是祭典賣的棉花糖撕下來那種柔軟的感覺。」

「我打算從飛機正面燃燒煙霧，然後用電風扇吹向擋風玻璃。」

「本週電風扇要大顯神威了。」

「窗外的風景可以用平面圖畫吧？」

「嗯。據說是剛下過雨，地面上可以看到收割前的農田。」

「西斯納的型號呢？」

「嚴格來說，是C－一七二型的四人座機種，有『White & Red』的稱呼，白色機身上有紅色線條。」望月的調查相當縝密仔細，讓川嶋感到佩服。

「現在可以準備到的是這種。」美術人員郡司把之前那臺小型飛機的照片擺到桌上。

「這個機翼位置不對吧？」

「的確，不過這個機翼可以拆下來，所以可以把其他機翼掛在機身上方。」

「哦，這樣的話這個機型的飛機也能使用了。」

「我也這麼認為。」

「她說在日比谷的音樂堂跳過童謠舞蹈。不過仔細聽她的談話、跟她本人討論的結果，決定變更為在咖啡廳為最要好的哥哥跳〈紅鞋子〉的回憶。」

「嗯，這樣的話，和哥哥之間的關係也會比較清楚。」

「臨時演員可以少一點，美術人員也會比較輕鬆。」

「謝謝。」

兩名美術人員低頭鞠躬，其他職員也發出笑聲。

「咖啡廳的室內可以用象徵手法，把紅色以外的顏色都去除掉，變成黑白色調。」

「好像滿有趣的。」

「紅色的話，重點是紅洋裝和紅鞋子。」

「另外還有番茄醬雞肉炒飯。她和哥哥的關係就是從這裡更加親近。」

「全都跟紅色有關。」一名職員感嘆地自言自語。

望月看著文件繼續說明：「順帶一提，她提到過本居長世這個人物，其實就是〈紅鞋子〉這首歌的作曲者。」

「〈七個孩子〉也是他做的。」中村懷念地說。

「沒錯。另外還有〈藍眼睛的洋娃娃〉等知名童謠。」

職員當中有幾個人想起旋律，哼了其中一小段。

「他的三個女兒是綠、貴美子、若葉。本居長世為自己的童謠加上動作，讓她們在舞臺上跳舞，據說就是童謠舞蹈的開始。這樣的舞蹈大獲好評。本居長世為了普及童謠，在全國各地展開舞臺活動，也出了唱片。所以多多羅女士的哥哥大概也是看過這樣的舞臺。」

大家都興致盎然地聆聽望月說明。

這是很奇妙的會議。

為了重現死者回憶想出來的點子，光是聽他們討論，感覺像是騙小孩的簡易花招，不過在這裡討論的每個人表情都很認真。好幾個真實與謊言在桌面上交錯。這些大人的談論持續到夜深時分。

望月開完會之後，走出職員室，前往自己的房間。他本來想要再去造訪渡邊先生所在的視聽室，但想到中午發生的事，就決定今天還是別去了。望月走在黑暗的走廊上思索。

（我不討厭在這裡的工作。聽死者談起各式各樣的人生，感覺很有意思，看到他們滿足的表情，也會讓我感到高興。那麼這份工作的目的就是這樣嗎？渡邊先生因為找不到自己生活的意義與目的而痛苦，可是現在的我也跟他沒有兩樣吧？我自己也不知道在這裡的工作有何意義。像我這樣的人，有資格去幫助他嗎？）

這時望月踏出去的右腳腳尖突然被照亮。他停下腳步抬頭看天花板。那裡有一塊正方形的天窗，在更上方則有蒼白的半月在注視他。望月抬頭看著月亮，閉上眼睛。即使閉上眼睛，他也能感受到月亮照亮自己。他可以感覺到光線透過衣服，滲透到他的身體裡面。這樣的光似乎逐漸滋潤著望月乾涸的心情。

「你在做什麼？」突然有人從背後對他說話。他轉頭，看到詩織站在那裡。

「沒什麼，只是覺得月亮很漂亮。」望月老實回答，並再度抬頭看月亮。

「月亮很漂亮？你竟然會說這麼浪漫的話。」

詩織邊嘲諷邊走向他，在最後一步跳到他身旁，並肩抬頭看月亮。

「還不是跟平常一樣。」詩織簡短地說。

望月默默地繼續看著月亮。

四周很安靜。

即使是兩人的呼吸，感覺也好像透過天窗被月亮吸走了。

詩織像這樣看著月亮，忽然產生一種錯覺，彷彿兩人是在沒有聲音與重力的宇宙空間，抬頭望著已經沒有可歸之處的地球。這是幸福的錯覺，然而詩織卻主動結束置身錯覺中的舒適感。

「喂。」她維持仰望月亮的姿勢，對望月說話。「京子是誰？」

望月驚訝地看著身旁的詩織。「妳問她是誰？」

「你就算隱瞞我也沒用。」

「我沒有隱瞞。」望月好像要躲避下一個問題般，再度走在黑暗的走廊。詩織也連忙追在後面。

「是以前認識的人嗎？」

望月沉默不語。

「是情人！」

「不是這樣。」

「算了，你不想說就別說。反正跟我無關。」

詩織提出的問題被望月迴避，讓她覺得望月好像把自己當成小孩子看待，內心不禁感到惱火。

「晚、安。」詩織說完最後一句話，就快步超前望月。

「詩織。」望月目送遠離的背影，溫柔地呼喚她。「明天去向川嶋道歉吧。」

詩織停下腳步回頭，用黑暗中也能看清楚的大動作比了鬼臉，然後迅速爬上樓梯。腳步聲越來越遠，望月再度緩緩走向自己的房間。

有一個人從剛剛就默默地聽兩人對話。這個人是中村所長。他拿著臉盆，一副很冷的樣子枯立在走廊角落。他在從浴室回來的路上，不小心聽見兩人的對話，結果無法回到自己的房間。中村拉起穿在睡衣上的大衣領子，若有所思地抬頭看了一下天花板。

詩織回到房間，粗暴地扯下綁頭髮的橡皮筋。她把後面的頭髮恢復原狀，把用髮夾夾住的瀏海放回額前。她的舉動彷彿是要把今天一整天自己充滿惡意的言行，全都歸罪於這個髮型。這樣的發洩行為告一段落之後，她從筆記本之間取出勘景時拍攝的照片。

接著她用金色奇異筆寫上日期，用膠帶貼在牆上。平常應該很愉快的這項工作，今天不知為何感覺有些哀傷。

她知道支配自己行動、分不清是憤怒或憎恨的奇妙情感，依舊在她內心暴動，就好像居住在自己體內的某種漆黑生物。這個黑暗怪物突然在她體內成長茁壯，從內側開始吃詩織。她感覺到每當怪物吃她的時候，她的體內就會流血。她對此束手無策，只能不去看它，等待一切平息。夜晚來臨，當中庭與建築籠罩在陰影當中，詩織就會感覺到自己體內的黑暗也融入周遭的陰影當中，再度沉入意識的底層。

這時她聽見「咚咚」的敲門聲。

詩織以為是剛剛道別的望月來了，連忙看著鏡子用手整理頭髮，簡短地回應「來了」，然後戰戰兢兢地打開門。

站在外面的是中村。

「原來是中村所長啊。」詩織彎曲膝蓋，誇大地做出失望的表情。

「可以打擾一下嗎？」中村謹慎地詢問。

「可以，不過你得馬上回去。我快要睡了。」

詩織雖然這麼說，不過還是讓中村進入自己的房間，然後走到水槽轉開水龍頭，在煮水壺裡面放水，準備泡茶。

中村環顧房間，避免碰到任何東西走到窗邊。他的樣子就好像不小心闖入青春期女兒房間的父親。

「今晚的月亮真漂亮。」中村從窗簾縫隙仰望夜空，彷彿現在才發現般地說。

詩織不曉得有沒有聽見，對這句話沒有特別反應，繼續準備泡茶。中村瞥了她一眼，立刻又把視線移回窗外。

「月亮真有趣。原本的形狀一直都是相同的，可是因為光線照射的角度，就會變化為各種形狀。」

詩織仍舊沒有任何反應。

「而且妳知道嗎？月亮從誕生的時候，就一直在逐漸遠離地球。雖然每年只有三公分左右，不過再過幾千年、幾萬年，從地球看到的月亮或許就會跟周圍的小星星無法區別了。這是真的。」

詩織雙手拿著茶杯，來到中村旁邊。「你來我的房間是為了聊月亮嗎？」

中村尷尬地把視線移回窗外，接著只是默默地觀賞月亮。

中村只喝了一杯茶就走出詩織的房間。他走下階梯，顯得很冷並拉起大衣領子。

「會不會是太難了？」

今晚氣溫會降到很低。或許因為如此，今天的月亮格外美麗。蒼白的月光照亮回到房間的中村背影。

星期五　Responsibility　責任

渡邊先生在錄影帶堆積如山的桌前醒來。他似乎是在想事情的時候，坐在椅子上睡著了。來這裡之後一直在看的錄影帶影像，在他混濁的腦袋裡來來去去。渡邊先生看著雜亂堆放在眼前的錄影帶，心想：聽說人死前會像走馬燈一樣回顧自己的人生，可是這是惡夢。

他抱著沉重的心情走到洗手臺，轉開水龍頭，用冰冷的水洗臉。不知是否心理作用，鏡中自己的臉在來到這裡之後好像變老了。或許是因為趴著睡的關係，他的頭髮變亂，被壓到翹起來。

雖然被人看見也沒什麼不好意思的，不過他也不想放著不管，便用水沾濕頭髮，然後拿起放在洗手臺上的吹風機。

吹風機發出「轟」的聲音，他稀少的頭髮就像遇到颱風般狂舞。就在他覺得頭髮快要乾的時候，保險絲突然斷掉，房間裡的燈熄滅了。渡邊先生拿著不再動的吹風機，在黑暗的房間裡呆站了一陣子。這時從廣播傳出平常聽到的女性聲音。

「電力使用量超過容許範圍。請暫時不要使用吹風機等電器用品。重複一次。請暫時不要使用吹風機。」

（對了，今天就要開始拍攝了。）

渡邊先生注視手中的吹風機想到這件事，不禁苦笑。

杉江、川嶋、望月、詩織四人一大早就在辦公室集合，捧著各自負責的死者的資料及空紙箱，前往倉庫。他們要去拿拍攝用的大道具及小道具。

倉庫有兩座體育館連在一起那麼大。打開門進入裡面，就看到室內亂糟糟的，就好像八層樓的百貨公司在假日時商品全被翻出來，由全體店員出動來整理。裡面到處都擺滿了各類物品，有和服與結婚禮服等服裝，腳踏車與機車等交通工具，還有洗衣機、冰箱、電鍋等家庭用品。光是帽子，也有三間大型帽子店所有商品加起來那麼多。詩織覺得就算自己在這裡待一個月，也戴不完所有帽子。

詩織每次來到這裡，就會產生奇妙的感覺，彷彿他們的身體變小，進入某個人的腦袋或內心。

被遺忘的化妝臺，在清除灰塵拿來拍片之後，重新找回照出人們姿態的功用；停止不動的掛鐘也上了發條，再度開始走動。這些道具靜靜地躺在倉庫角落十年、二十年，等待有人找到自己、再度到攝影機前沐浴燈光的日子。

這就像被放逐到內心角落、遭到遺忘的古老回憶，因為某個契機而忽然浮現到表面，鮮明地復甦。

「這裡有高松女士的束口工作褲。」

「另外也要幾件兒童用的。」

「收音機用這種機型可以嗎？」

「嗯，沒問題，謝啦。」

四人在倉庫當中奔跑，彼此應和並有效率地收集所需物品。

「Converse 的籃球鞋是什麼顏色？」

「白色。」

「軍服是陸軍的吧？」

「嗯，還要美軍的頭盔。」

「這些鬱金香好漂亮。」

「不行不行，檐廊上種植的是向日葵！」

過去曾為某人的回憶準備的物品，現在又要用來喚起其他死者的回憶。他們準備的紙箱很快就滿了。

攝影棚位在中庭另一邊的建築內。到昨天還寂靜而死氣沉沉的這棟建築，今天卻從早上就亮著燈，突然充滿活力。槌子、鋸子的聲音越過中庭，連這邊的建築都能聽得見。

穿過黑暗的走廊、推開沉重的鐵門來到攝影棚，就會看到完全不同的世界。掛在天花板上的無數燈光，將整個攝影棚照得明亮刺眼。在燈光下方，分成幾組的工作人員機敏俐落地工作。

有人在做到一半的日式房屋檐廊種植向日葵。

有人在飯店窗外用保麗龍呈現下雪景象。

有人把煙霧吹向拆下機翼的飛機，製作雲朵。

另外也有工作人員召集穿束口工作褲的小孩子，練習揮頭巾。

不同於外面失去色彩的冬天景色，只要繞一圈攝影棚，就可以體驗春夏秋冬四種季節。這裡雖然是為了死者準備的場所，卻洋溢著燦爛的生命力與能量，或許也因此更讓人感到炫目。

工作人員當中有年輕人，也有七十多歲的人。有連一刻都停不下來、匆匆走動的人，有伸長或縮短望遠鏡觀測的人，也有坐在攝影棚角落的四方形蘋果箱上、一整天抽菸的人。有人坐在從天花板垂下來、類似空中鞦韆的臺座，在塗成蔚藍色的牆上畫圓滾滾的雲朵。或許是白色油漆不夠了，他留下畫到一半的雲，坐在鞦韆上發呆。

現場有此起彼落的怒吼聲，不過仔細聽，他們似乎都不是在生氣。

渡邊先生獨自坐在中庭的長椅上，聽著遠處那些人的喧囂聲。他雖然說服自己「是為了整理思緒」，不過老實說，他是因為沒有勇氣把只剩五卷的錄影帶看完，從視聽室逃出來的。

然而來到這裡之後，攝影棚裡進行準備的聲音更增添他的焦慮。他在這裡也無法平靜下來，但又不想回到自己的房間，因此正在思索該怎麼辦。

這時有一名青年從設施建築搖搖晃晃地走出來。他就是伊勢谷。他拿手中的樹枝揮開雜草，筆直地走向渡邊先生。他的口中發出「喀、喀」的聲音，保持距離繞了長椅一圈，好像是在觀察渡邊先生，然後直接走向攝影棚。

渡邊先生內心鬆了一口氣。他現在沒有心情和這名奇特的年輕人聊天。不過伊勢谷卻突然轉身，宛若動物很乾脆地解除對人的警戒心般，突然對他說話：

「伯伯，你選了什麼時候？」

「我還沒選。」

渡邊先生回應時，避免跟他對上眼睛。

他的口吻明確地拒絕對方，表明不想再繼續說下去，可是伊勢谷卻似乎毫不在乎他的心情。

「哦，這麼說，你就是渡邊先生囉？我叫伊勢谷。聽說這次還沒有選的，只剩我們兩個人了。你為什麼沒有選擇？」

他在長椅周圍來回走動，自顧自地說話。

「我也想問你，為什麼選不出來？」渡邊先生裝出從容的態度問。

「我不是選不出來，而是『不選擇』。我想要藉由不做出選擇，來對自己的人生負責。」

伊勢谷說完，好像覺得很可笑般，左右搖晃肩膀發笑。

「大家聽說今天要攝影，都很努力想辦法讓稀少的頭髮看起來多一點，或是把妝畫得比平常更濃，最後連保險絲都燒斷了。這樣感覺滿可愛的。像那樣努力想要隱藏自己的缺陷，大概是人類的本能吧。不過我覺得，他們太在意自己變老之後外表劣化，對於變老的自己缺乏自信，所以才會想要過度掩飾。這種地方就是讓我們年輕人看不起的理由吧。」

伊勢谷說完，似乎不打算聽渡邊先生回答，又自顧自地走掉了。

渡邊先生再度恢復獨處。

他恢復獨處後，開始思考伊勢谷剛剛說的話。

（我到底想要把自己當成什麼樣的人？我來到這裡之後，還在隱藏缺陷、裝腔作勢——對自己，也對那個叫望月的青年。如果說有人要為我自己的難堪與醜陋負責，除了自己以外沒有別人。我必須自己承擔責任。畢竟那也是我自己的一部分。我現在需要的，就是這樣的態度。）

不知道經過多少時間，渡邊先生結束自問自答之後，從長椅站起來，回到視聽室。

螢幕映出冬天的公園。渡邊先生和京子女士走在落葉堆積的路上。或許是聖誕節快到了，不知從哪裡的商店街傳來聖誕歌曲的聲音，夾雜著車子駛過的聲音。

京子女士手中拿著電影宣傳冊子。這部電影似乎是瓊・芳登主演的《蝴蝶夢》，也許是經典重播吧。兩人並肩坐在陽光很溫暖的長椅上。

「是嗎？我有說過那種話？」渡邊先生歪著頭說。

「有啊。你像這樣用手帕擦汗，跟我說『我喜歡看電影』。」京子女士模仿擦汗的動作。

兩人似乎是在討論相親時的事。

「我才不會說那種話！」

「你有說。」

「你說了。」看著畫面的渡邊先生插入對話。
「我有說過嗎？」畫面中的渡邊先生說完，把頭歪向另一邊。
京子女士不再回答，彷彿以全身吸入舒適的冬季空氣，環顧公園。
「好，那我們今後每個月都一起去看電影吧。」渡邊先生為了挽回扣分，很有活力地說。
「好好好。」京子女士有些無奈地笑著。
「這是什麼回答？」
「因為……」京子說到一半，沒有繼續說下去。
「真沒禮貌，我特地提議的。」
渡邊裝出鬧彆扭的樣子，京子女士便重新轉向他，像是對小孩說話般回答：
「好啊，那就一言為定。」
兩人對於彼此之間幾十年來的對話模式感到好笑，不約而同地笑出來。
渡邊先生拿起京子女士手中的宣傳冊子，放在膝上翻了翻。
「反正時間很充裕。」
冬天午後的陽光溫暖地擁抱著兩人。從畫面彷彿能夠聞到落葉的氣味。雖然沒有出現在畫面中，不過公園內想必還有好幾對同樣的老夫妻。畫面上朦朧的溫暖光線，不知是落葉本身的顏色，或是映照著冬季偏早的夕陽。不論是哪一種，渡邊先生都覺得很美。

聖誕歌曲的聲音忽然中斷，畫面中的兩人變成停格。這是第六十六卷錄影帶。渡邊先生默默地盯著不動的兩人。他腦中仍舊輕聲地響著聖誕歌曲，好似在祝福什麼。不久之後，渡邊先生便去敲望月的房門。

「那是很普通的假日公園。」

渡邊先生坐在椅子上說話，表情感覺格外清爽。

望月似乎也安心了，仔細聆聽他的話。

「那是在銀座電影院旁邊的中央公園。我們很難得——不對，應該說，我們結婚四十多年，都沒有一起去看過電影。到頭來，那也是我們最後一次一起去看電影。」

渡邊先生說完，有些歉疚地低下頭。

望月的表情顯得有點困惑。

「我原本高調地說要找『活過的證明』，結果最後卻選了跟太太約會的回憶。也許你會笑我，不過我想這是很適合自己的選擇。我沒有遵守三天的期限，造成你很大的困擾。很抱歉我還對你發脾氣。」

「別這麼說。您不需要這麼客氣。」望月反而顯得歉疚地說。「老實說，我可以偷偷告訴您，在這裡工作的人，都是到最後都無法選擇回憶的人。」

渡邊先生驚訝地看著望月。望月也注視著他。

或許是渡邊先生率直的話，動搖了望月身為一個人、而不是身為職員的冷靜度。

望月憑自己的意志，用自己的語言，說明自己此刻的處境。

「所以您這麼說的話，反而會讓我感到不好意思。」望月說完低下頭。

「你也是？」渡邊先生不敢置信地詢問。

「是的，我也是。」

「這樣啊。」

「所以說，我完全沒有資格批評您。」

「原來是這樣。這麼說，你過世之後就一直在這裡嗎？」

「我是在三年前調到這裡的。之前是在其他地區的設施，做同樣的工作。」

「原來是這樣。」渡邊先生恍然大悟地點頭，不過似乎立刻又想到別的問題，看著望月的臉。「恕我冒昧，請問你是無法做選擇，還是刻意不去做選擇？」

這個問題讓望月說不出話來。

「我之所以會問這個問題，是因為覺得，好像也有不做選擇的負責方式。」

「負責……嗎？」

望月重複這個詞。

渡邊先生並沒有繼續多說什麼。

三十名左右的工作人員與死者聚集在攝影棚中，攝影機周圍瀰漫著獨特的緊張氣氛。

「準備，開始！」

一名工作人員大聲喊，敲響場記板。

底片開始轉動，攝影機周遭有幾個人舉起食指朝天花板轉圈圈，宣告正式拍攝拍片工作終於要開始了。

西村喜代女士和川嶋兩人並肩坐在椅子上。兩人看起來像祖母和孫子，但天真擺動著腳的西村女士看起來也像是小女孩。

櫻花的花瓣灑落在兩人身上。西村女士高興地仰望天空，舉起雙手試圖接住灑下來的花瓣，彷彿覺得掉落到地上很可惜。她滿布皺紋的嬌小手掌上，接到了一片花瓣。這是剪成花瓣形狀的粉紅色色紙。望月與詩織爬上梯子，把運動會投球比賽用的竹籃掛在竿子前端搖晃，讓這些花瓣從竹籃縫隙緩緩落到地上。川嶋也在西村女士身旁，露出懷念的神情仰望這片櫻花雪。
這幅景象既像夢境，也像現實；既像是認真工作，也像是一群大人聚在一起玩遊戲。
先前被搬到攝影棚外面的小型飛機再度被搬到攝影棚內。即使只有機身，飛機似乎還是很重。八名職員發出吆喝聲同心協力，在拍攝人員擔心的視線中，將機身放置在畫了藍天白雲的背景幕前。
兒島先生盯著背景上的雲朵好一陣子，似乎是在檢視，接著他點頭表示「還可以」，戴上白色皮革手套坐進飛機。
準備好幾臺的煙霧機發出「咻、咻」的聲音，吐出不知是雲還是霧的白色氣體。這些白色氣體被電風扇吹向飛機的駕駛座。飛機旁邊也打了燈光，呈現從雲間透出來的陽光。
望月對煙霧組喊了暫停，跑向飛機打開駕駛座的門。
「雲的感覺怎麼樣？」
兒島似乎正在等望月過來，對他說：
「雲的感覺像這樣的話，就變成完全進入雲層裡面了。飛機如果從正面飛進雲裡，看起來就會變成這樣，可是我當時是飛在視野完全清晰的地方，雲朵是飄在旁邊。」

「也就是說，不是從正面來的雲，而是往左右飄過去的雲嗎？」

「沒錯，就是這樣。所以雲本身也不是這種霧狀，而是輪廓更清晰的雲。」

用煙霧機做出來的雲，似乎和兒島先生記憶中的景象差很多。最後大家決定在拍攝外景期間改良雲朵，然後到晚上再挑戰一次。

兒童公園裡放置著一節黃色的都電車廂。平常這裡或許是小孩子的遊樂場所，不過今天在車上的，卻是金子先生等眾多大人。扮演金子先生的少年理著平頭戴著學生帽，身穿制服，站在駕駛員的旁邊。

「車內應該是像這樣吧？」川嶋擔心地詢問金子先生。

「這個嘛，應該可以吧。我只專注在自己想看的東西，一直看著外面，所以老實說不太記得車內的樣子。」

金子先生坐在後方的座位，興致盎然地看著大家進行準備。

＊

「啊，對了，當時搭乘都電的時候，會聞到木地板上塗了蠟還是油的味道。剛塗的時候會覺得很臭，不過現在回想起來滿懷念的。」

金子先生低頭看著自己的腳邊，對身旁的川嶋低聲說「我剛剛才想起來」。

手提音響傳出都電行駛時的「叮叮」聲，圍繞在車廂周圍的工作人員開始左右搖動車身。

坐在後方座位旁觀的金子先生站起來，走到少年旁邊。

「我不是站在左邊，是站在駕駛員右邊。左邊靠近車門，會阻礙到乘客上下車，所以會被車掌罵。」

「哦，原來如此。也就是說，您是站在右邊，隔著駕駛員觀看外面的風景嗎？」川嶋向他確認。

「沒錯。我應該是隔著駕駛員，看到左邊窗外的不忍池。」金子先生表示贊同，回到座位上。

穿著制服的少年改變站立位置，拍攝重新開始。

金子先生又不安地歪頭。這時他自己扮演著拍片的導演角色。

「還是不要戴帽子比較好吧。車窗打開的話，風會把帽子吹走。我當時到底是怎麼弄的？是拿在手上還是戴在頭上？」

金子先生的自問自答持續了好一陣子。最後在拍攝中，決定讓少年為了擦汗摘下帽子，然後拿在手上。底片開始轉動。金子先生坐在工作人員搖動的電車上，舒服地吸入電風扇吹的風。他的笑容就像真正的少年一樣。

在詩織來勘過景的竹林裡，正在進行拍攝準備。竹子與竹子之間綁上繩子，製作出幾個簡單的鞦韆。

「不是綁在那麼高的地方。因為是小孩子自己綁的，所以是綁在這附近。」大熊女士指著自己眼睛的高度。

穿著棉和服、綁了棉腰帶、穿著木屐的幾個兒童臨時演員立刻開始玩鞦韆。

鋪在竹林裡的草席上，有五、六名工作人員開始捏飯糰。

大熊女士也脫下日式涼鞋上了草席，自己開始製作飯糰。

「會不會太大？」

「不會，差不多就這樣吧。」

大熊女士加入工作人員的討論，說「以前的飯糰比較大」，愉快地下達指示。大家坐在草席上捏飯糰，感覺好像很開心，連工作人員也露出笑容。

「現在的小孩子會去遠足，可是我們的時代沒有那種東西，所以能夠在竹林裡和父母親一起吃飯糰，就已經很高興了。」

「地震時不會害怕嗎？」望月聽到她說很高興，感到很驚訝。

「不會害怕，很有趣。」

「會不會有很多蚊子？」其他職員也詢問。

「當時已經九月了，應該沒有很多吧。」

大熊女士說到這裡，忽然想到一件事：「不過在竹林裡過夜的時候，我們有掛蚊帳。」她說完點點頭。

「蚊帳？」

「沒錯。地震發生的那天晚上，就是一號的晚上，發生了朝鮮人事件，局勢變得很亂。有人說井裡被下毒，造成大騷動。跟地震比起來，那個比較可怕。所以我們還用的繩子，到了晚上就被祖父拿來伸直放在草席周圍。祖父跟我們說『我會帶頭，喊「快跑」的時候，大家就抓著這個繩子躲到後面的番薯田』。繩子就是為了這種情況準備的。」

大家瞬間陷入沉默。

大熊女士停止捏飯糰，環顧以複雜的表情聽她說話的工作人員，保持同樣冷靜的語調說：

「不過根本沒有那回事。事實上朝鮮人只是集體逃來，結果大家卻以為他們要攻過來。現在想想，根本就是假消息。」

大熊女士談的回憶在愉快與恐怖之間一再來回。

到了傍晚，外景拍攝完畢，工作人員回到設施。

攝影棚地面的土被噴火槍烘乾，變成偏白的顏色。工作人員站在很高的鷹架上，將切成機翼狀的保麗龍放在燈光前面移動，製造影子。

高松女士穿上束口工作褲，和扮演家人的小孩子各自拿著白色頭巾與毛巾，練習朝著飛機揮布。

紫薇樹上綁著用紙做的粉紅色花朵。站在樹旁的高松女士呼叫杉江。

「大人當時在田裡工作，所以應該是拿下戴在頭上的頭巾，不過我剛剛想起來，自己揮的白布是筒狀的。」

「筒狀……」杉江說完認真思考。

「沒錯。所以大概是跑到外面的時候，看到院子裡在晒衣物，就從其中拿了白色的東西，所以應該是枕頭套吧。」

「哦，原來是枕頭套。」杉江感到很合理，點點頭。

「最後揮的不是手帕或領巾，而是枕頭套，現在想起來，自己也覺得滿呆的。」

高松女士說完，愉快地哈哈笑。

用棉花製作的白雲在飛機上飄動。工作人員放棄用煙霧機製作雲，改用鋼琴線吊起棉花，然後在駕駛座的擋風玻璃上方用釣魚線拉動。

兒島先生站在攝影機旁邊嚴格監視，工作人員則全體動員，設法讓棉花雲飄動。背景幕的藍天映在擋風玻璃上，玩具般的雲朵飄浮其間，看起來像人偶劇或才藝發表會，感覺比剛剛的煙霧雲更缺乏真實感，可是兒島先生看完之後，卻首度露出滿足的笑容。

「跟我看到的雲感覺很像。飄浮在前方的雲往後流動的時候，會往左右兩邊擴散。從這裡看，我覺得距離感覺之類的呈現得滿好的。」

兒島先生滿意地點頭。看到他的表情，工作人員也總算鬆了一口氣。

現場響起聖誕歌曲。

今天最後拍攝的是渡邊先生。

時間已經接近深夜，不過因為總算看到終點，工作人員偶爾也會露出從容的笑容。

攝影棚中鋪滿落葉，並放置長椅。

扮演京子女士的演員坐在渡邊先生旁邊。

加上橘色濾鏡的燈光照亮兩人的背。

望月在攝影機旁邊，默默注視這幅景象。

（為了拍攝回憶準備的道具，是不會動的電車、絕對飛不上天空的飛機、紙片製作的花瓣；不過死者置身其中，卻能夠想起坐在面談室想不起來的細節，或是真實的情感。我們在這裡工作的意義，或許就在這裡吧。至少為了讓他們喚起更深層的記憶，這份工作應該是不可或缺的。）

望月透過今天一整天的拍攝，得到這樣的結論。他不知道這個答案能不能回應川嶋問的「為了什麼」，不過此刻看到眼前的渡邊老先生臉上心滿意足的表情，跟來到這裡的時候完全不一樣，望月便能夠輕易想像到自己的工作並不是完全沒有意義。

（這樣就夠了。）

望月一邊對工作人員下達指示，一邊再次這樣告訴自己。

中庭一片漆黑。

在這當中只有一盞街燈照亮長椅。

從這裡也能隱約聽見攝影棚建築傳來的聖誕歌曲。

今天一整天漫長的拍攝，就這樣順利結束了。

杉江、川嶋和望月三人在川嶋房間的陽臺上，圍著桌子聊天。拍片順利結束，接下來只需要等待試映會，因此工作人員之間提早舉辦慰勞晚會。大家回去之後，最後剩下這三人。

「不需要什麼意義。做什麼事都要尋求意義，就是人類變得不幸的開始。」杉江已經喝得頗醉，比平常更執拗地糾纏川嶋。

「我因為留下女兒，所以覺得應該盡到父親的責任，才會待在這裡。也許是因為這樣，工作上才會比較不夠嚴謹吧。」

川嶋似乎在對自己說明般，一再喃喃地說。

「責任這種東西，只要活著的人去想就好了。反正來到這裡之後，不管想什麼都已經太晚了。至少在死後，可以更自由、更不負責任吧。來這裡的死人一定也都這麼想。人都死了，就別管那麼多了。如果說我的存在有任何理由，就是為了不讓這裡充斥著加藤那樣的人，變得太過拘束，所以要保持不負責任、隨隨便便才行。對不對，望月？」

杉江把矛頭轉向從剛剛就沉默不語的望月。

「我今天也一直在想這件事。我覺得協助他們盡可能選擇自己喜歡的回憶，就是我的責任，或者是最起碼的……」

「贖罪？」杉江銳利地接話。他說話時完全沒有醉意，口氣相當明快。「哦……望月，原來你是為了贖罪才待在這裡。」杉江惡毒地又說了一次。

「也不只是為了這樣……」望月不知該說什麼。

「真討厭，自己一個人裝成好人。我最討厭這種認真的反應了。不像我這種人，活著的時候就做盡壞事。不過我只為自己的家人和錢生活、死亡，自己對此也感到驕傲。我不會像望月這樣，為了那麼大的理想生活、死掉或殺人。」

「杉江，別說了。」川嶋用開朗的口氣說話，為了緩和局面替杉江倒酒。

「望月，你到這裡還在想那麼崇高的理想，真偉大啊。」杉江仍舊沒有停止對望月的攻擊。「不過我覺得你這樣的態度反而更卑鄙。」

望月直視杉江的臉。奇妙的是，他並不感到生氣，反而在杉江注視自己的眼中，感覺到他不像平常那樣冷嘲熱諷，而是率直地看著自己，因此自己也能坦白接受。

「望月，你負責的死者當中，有個叫山本的吧？他說過，可以的話想要忘掉一切。你雖然什麼都沒說，不過內心對他感到輕蔑，對不對？你覺得他是個懦夫吧？不過讓我來說的話，你也跟他一樣。」

杉江只盯著望月繼續說。

「望月，你在五十年前第一次來到設施的時候，說了『我不想忘記』吧？你說『我不想忘記自己做過的事』，那是真心話嗎？你真的這麼想，所以自己主動要在這裡工作嗎？」

望月無法回答。他聽到杉江說出來，才想起自己曾經說過那樣的話。

「在我看來，你說的話就跟山本說的『想要忘記一切』是一樣的。我是覺得那也沒關係，只要你有所自覺就行了。畢竟我們是無法選擇的人。」

杉江一口氣喝光川嶋倒的酒。

「唉，連酒都感染到說教的臭味，真不像我的作風。」

杉江盯著變空的杯底，一副很難喝的表情說了最後一句話。

川嶋和杉江並肩坐著，在他們後方可以看到平常陳列盆栽的桌子。那些盆栽已經全部收進房間裡，此刻桌面空空的。桌子上方掛著一顆燈泡，隨風搖晃。

望月盯著燈泡，想起渡邊先生白天說過的某句話。

（我當時是沒有做選擇，還是無法做選擇？）

咚咚。

詩織聽到有人在敲房間的門。

「來了～」她原本已經想要睡了，有些不耐煩地回應，然後從床上起身去開門。

站在門口的是吉本。吉本默默地低著頭，因此詩織看不到她的表情。

「什麼事？怎麼了？」詩織不知道她來訪的理由，粗魯地問。

「我本來……今天要過生日。」

吉本用幾乎消失的聲音說出這句話，搖搖晃晃地前進兩、三步，靠在詩織身上。

詩織被迫用肩膀支撐吉本的身體。吉本似乎在哭。

詩織不知道這種時候該怎麼辦，或是說什麼話安慰對方，只好支撐著她的身體，遲疑地拍了兩下她的背。

詩織臉上雖然擺出不耐煩的表情，不過她並不討厭像這樣承受他人的重量。吉本哭了一陣子之後，露出清爽的表情，回到自己的房間。

詩織回到床上之後，感覺吉本的頭的重量好像仍舊留在自己的左胸，遲遲無法入睡。

渡邊此時坐在視聽室的椅子上。

拍攝也順利結束，只需等待明天上映，但他卻沒有上床，而是默默地坐在堆積如山的錄影帶前。從他的眼中，可以感受到和昨天注視螢幕中的自己時不一樣的決心。

第五天的夜晚靜靜地變深。

這天晚上沒有風，比前幾天更溫暖。

星期六　Requiem　葬送

望月捧著小太鼓和口風琴等樂器，走在走廊上。接下來要在餐廳舉辦為死者送行的典禮。

昨晚杉江說的話在他心中隱隱作痛，但他沒有時間去在意這件事。他避免去看硬是被打開的沉重的門內有什麼，只想好好完成堪稱集一週大成的今天的工作。

他繞過辦公室的角落，在前往餐廳的走廊途中，忽然停下腳步，抬起頭看天窗。他看到切割成四方形的灰色天空中，有很小很小的雪粒隨風旋轉飄落。一片雪落到望月的臉頰，緩緩溶解，不久之後像淚水般沿著臉頰流下來。

或許是跟雪一起從天窗吹進來的風，搖動望月手中拿的銅鈸，發出些微的響聲。

雪越下越大，使中庭完全蒙上白色，將冬季期間勉強留下的樹木及落葉的顏色，都從風景中奪走。不只是顏色，就連各種聲音以及憎恨與喜悅等人類情感，好像都要被封印在白雪下方。

望月站在這裡，感覺彷彿能夠讓時間不斷倒流，回到出生以前。

不久之後，餐廳的典禮開始了。

剛洗好的雪白桌布覆蓋在桌上，死者各自就位。

望月等職員今天也換上正式服裝，穿著白色襯衫。詩織也穿著雪白的洋裝。這樣的打扮彷彿將窗外的雪景映在這裡，更增添典禮的嚴肅氣氛。

他們一個個站在死者之間，注視臺上。

擺在正面的古老風琴演奏出大家在午休時間練習的音樂。先前不知躲在哪裡的幾個小孩子出現在臺上，拿著各自手中的小提琴、口風琴等，配合風琴開始演奏。這首曲子既像童謠，又像教會音樂。演奏不是很流暢，稱不上傑出，不過或許是因為下雪的關係，音色非常清澈，聽起來很舒服，讓人內心變得平和。臺下的人並肩聆聽演奏的樣子，看起來就像某所學校的畢業典禮。

正當川嶋配合音樂打拍子，有人從後方拉了拉他的外套衣襬。他回頭，看到西村女士抬頭對他微笑。

他稍微彎下腰，想要問她「怎麼了」，她便把平常隨身攜帶的白色塑膠袋舉到他面前。

川嶋接過來窺視袋子裡，看到裡面裝的是昨天拍片使用的櫻花花瓣。這些或許是她在昨天拍攝結束之後獨自留下來撿的，其中有些花瓣沾上泥土，也有的折起來或變得彎曲。

川嶋注視西村女士。

西村女士再次對他微笑，像是在說「給你」，然後轉回正面，隨著音樂搖擺身體。

川嶋看著留在自己手中的塑膠袋，朝著西村女士深深鞠躬，然後小心翼翼地用雙手包住這個袋子。即使隔著塑膠袋，他也能感受到花瓣的觸感。川嶋覺得這一星期來自己的工作得到回報。

管風琴最後一個延長音迴盪在餐廳裡，演奏結束了。音樂的餘韻仍留在所有人心中，中村所長便走到臺上，對所有死者鞠躬。

「這一星期以來辛苦大家了。和各位在一起的時間，也只剩下今天。在這裡的一星期過得如何呢?是不是過得很舒適呢?大家選擇的回憶真的都各不相同。有快樂的回憶、痛苦的回憶、孩提時的回憶、年老後的回憶。每個人都有各式各樣的回憶，透過從中選擇一個回憶的過程，如果能夠讓各位重新覺得活過真好，那就再好不過了。接下來要請各位前往試映室，觀賞我們重現的回憶。在這段回憶鮮明地浮現在各位心中的瞬間，各位就會前往另一邊。在那裡，各位將能夠和這段回憶度過永恆的時間。」

中村說完，圓圓的臉上堆滿笑容，對死者及職員表達慰勞之意。

在職員的演奏引導之下，死者的隊伍越過中庭前進。這支隊伍不像陰沉的喪禮隊伍，反而給人清新爽朗的印象。在雪中行進的死者在中庭繞一圈，彷彿是用毛筆沾墨，在白紙上畫一個大圈圈，然後進入對面的建築中。所有人都離開之後，大家的足跡形成的圓圈在中庭殘留好一陣子。

試映室非常老舊，座位表面都褪色並磨破了，勉強可以想見以前應該是美麗的酒紅色。這一點也述說著這座設施至今送走過多少死者。座位總共有五十席左右，每一個座位的椅背上都覆蓋著美麗的蕾絲椅套。由此也可以看出今天對大家來說是特別的日子。

擺在正面的，當然是靜靜迎接觀眾的白色螢幕。

進入室內的死者選擇自己喜歡的座位坐下。職員最後入場，在最後方的座位排成一列坐下。

中村看所有人都就坐之後，再次從座位上站起來，朝著播放室打信號。

鈴聲響起，場內變暗，放映機開始轉動。不久之後，電影就要開始播放了。

中庭仍舊繼續下雪。剛剛大家一起走過的足跡上也積了雪，逐漸消去曾經有人在那裡的痕跡。

放映順利結束之後，望月在視聽室整理渡邊先生的七十一卷錄影帶。白雪將陽光反射到室內，使房間裡感覺比平常明亮。

看到整齊折疊好放在窗邊的棉被，望月也不禁對這一星期來發生的事產生深刻的感慨。他把堆放在桌上的錄影帶按照號碼排列，放入紙箱裡。他要把這些影帶拿到倉庫保管。

這時他發現渡邊先生選擇的R-66號錄影帶的盒子裡，有一個信封。

信封上的收件人是「望月隆先生」。他停止整理錄影帶，站在原地開始閱讀這封信。

望月先生：

你讀到這封信的時候，我應該已經失去關於你的記憶了。因為沒有太多時間，請容我簡潔地寫下我此刻的心情。

你就是我太太京子昔日的未婚夫吧？聽到你的名字、以及五月二十八日這個忌日，我就察覺到了。

我在相親的時候，就曾聽她提過，她以前有過未婚夫，但對方已經戰死了。從她的態度，我可以感受到她是很誠實的人，而且在當時這種事並不罕見。她在結婚之後，每年到了你的忌日，也會獨自出門去上墳。

你沒有對我提到京子的事，是你對我的體貼與親切，我非常感謝。老實說，對於在我太太記憶中的你，要是說我不感到嫉妒，那就是謊言；不過我想我們夫妻已經度過了能夠越過那段感情的歲月。

不，我想我是在來到這裡之後，終於能夠這麼想，才能選擇和太太在一起的記憶。這就是我對自己人生負責的方式。

我能夠肯定自己的七十年。這件事我無論如何都想要告訴你。面對在京子記憶中始終年輕的你之後，這是身為老人的我盡最大努力的逞強——請你這麼想吧。

我很高興能夠遇見你。

渡邊一朗

望月讀完信，有好一陣子無法離開原地。

不知道經過多少時間，當他回過神來，才發現詩織從剛剛就站在房間入口看著他。

兩人在無人的辦公室裡。

望月坐在自己的位子上，像是靈魂出竅般發呆。詩織拿著望月給他的信，在房間裡很緩慢地行走。

「我沒有告訴他事實，並不是因為體貼。我不是為了避免傷害他，而是不想讓自己因此而受傷。我只是在逃避。我逃避他，也逃避自己。京子對他告白心情，他也接受京子的一切，可是我卻從來沒有像他們那樣，試圖與人產生深入的關係。」望月的聲音像是從喉嚨擠出來的。

詩織聽著望月的話，內心感到不安。她覺得眼前的望月就像落在掌心中的雪，隨時會消失。

詩織停在望月面前，對他打氣說：「你為什麼要這樣斷定？也許在你不知道的地方，你也和京子產生過深入的關係呀。」

望月仍舊低著頭。

「那我們現在就去調查看看吧。我們去查查看京子選了誰。」

這是完全沒有根據的發言，就像賭博一樣，不過詩織想不到其他的話可以鼓舞此刻的望月。詩織走出辦公室，去拿片庫鑰匙，然後拉著望月的手進入黑暗的倉庫，打開電燈。

在橘色的電燈泡之下，一排排無數的銀色膠卷隱隱發光。這裡看起來也像是天上神明因應季節、收起掛在夜空的月亮的抽屜。膠卷有大小幾種尺寸，或許已經放了好幾十年，其中也有生鏽而失去光彩的膠卷。

詩織一邊尋找京子女士的膠卷，一邊想起中村先生提到的月亮的話題。

「找到了！」詩織喊，然後拿起一卷膠卷站起來。

正在對面櫃子尋找的望月來到她旁邊，俯視詩織手中的膠卷。

膠卷上貼了寫有日期的標籤。雖然因為泛黃而有些難以辨識，不過看得出上面寫著「一九九三年八月第三週，四號　渡邊京子」。詩織用手指比著上面的文字閱讀，看到右邊角落寫著「中村」的姓。

「原來負責的是中村先生。」

咯咯。

咯咯。

每發出聲音，雪地上就踩出一個鞋印。

兩人走在積雪很深的中庭，前往試映室。望月右手緊緊拿著先前找到的膠卷。

詩織心中產生奇妙的感覺，彷彿自己以前也曾像這樣和望月並肩走在雪中。她聽著以前聽過的腳步聲，心想自己絕對不會忘記這個瞬間。

嗡嗡嗡嗡嗡嗡——

試映室裡響起蟬叫聲。

望月與詩織並肩坐在座位上，全身沐浴在蟬叫聲中。螢幕上出現坐在公園長椅上的一對男女的背影。其中一人是京子女士。夏季的綠葉相當耀眼，更加突顯出京子身上穿的洋裝的白色。

坐在她旁邊的人物雖然看不清臉，不過看得出是一名穿著軍服的青年。

「和渡邊先生一樣選在銀座的中央公園，不過日期卻是一九四三年八月三日。上面寫這是『和休假回來的情人最後一次約會』。」詩織低頭看著文件喃喃說。

望月聽著她的說明，雙眼仍舊盯著銀幕。

寫著「渡邊京子」名字的錄影帶被放入播放機中。

兩人回到辦公室之後，就打電話訂了京子女士的一卷錄影帶。過了一小時，錄影帶送來之後，他們拿著錄影帶再度回到視聽室。快轉播放的畫面開始籠罩在綠色的光當中。

「啊，就是這裡！」詩織短促地喊。

望月按下播放鍵，視聽室便響起大量的蟬叫聲。映在螢幕上的，是並肩坐在公園長椅上的京子和望月。兩人並沒有特別交談，只是並肩坐在一起，但光看畫面就看得出兩人的關係。

詩織無法默默地注視這個畫面，轉向旁邊的望月說：

「就是這裡。她選了這一刻。」

望月仍舊盯著畫面，微微點頭。

畫面中的蟬拚命地繼續叫，彷彿知道自己只能再活一個星期。詩織覺得她第一次聽到如此悲哀的蟬叫聲。

兩人走出視聽室，漫無目標地開始走，然後不約而同地走到中庭，並肩坐在長椅上。奇妙的是他們並不感到冷。

死者離去後的設施突然變得很安靜，讓人感到寂寞。這裡感覺比他們來臨之前的星期一更安靜。

兩人並肩坐在一起，沒有交談。

詩織腦中彷彿還能聽到悲戚的蟬叫聲。

就在這個時候，她清楚地感覺到，坐在她旁邊的望月準備要離開這裡。

望月與詩織分開之後，沒有回到房間，而是前往攝影棚所在的建築。他打開門，走在黑暗的攝影棚中。地板凹凸不平的泥土的觸感，透過鞋底傳到他的腳底。這裡的地面和水泥不一樣，具有親切的溫度。望月很喜歡這樣的觸感。

他感受著地面的觸感前往開關，摸索著打開電燈。隨著很大的「喀嗒」聲，昨天的攝影棚浮現在黑暗中。攝影棚最裡面的角落，放置著沒有收起來而留在原地的公園長椅。望月走過去，腳底的落葉發出柔軟的聲音。他緩緩坐在那張長椅上，深深吐了一口氣。

（我一直以為自己的回憶只存在於自己心中。）

望月發覺在自己心中，回憶的概念已經大幅變化。接著他再度回顧活在世上的二十二年，以及之後在幾座設施度過的五十多年的時間。這時除了在這段期間遇到的眾多職員與死者，甚至就連攝影時使用的無數道具，都改變光輝出現在自己面前。這是他第一次有這樣的體驗。

（回憶並不是像化石一樣、不會改變形狀而沉睡的過去。回憶不只是會風化，有時也會成長。）

他明確地感受到在自己心中，自己的人生本身產生了化學變化。

他雖然沒有用言語說出來，但卻興奮到想要大聲吶喊。

望月從長椅站起來，在無人的攝影棚中慢慢走動。保麗龍的雪、灑下櫻花花瓣的籃子、西斯納的假機翼，還有棉花做的雲……望月憐惜地用手掌摸著每一件道具。

詩織和望月分開之後，跑上階梯，來到頂樓。這裡還沒有人踏入，鋪了一整片白雪的地毯。她從遠處望著這幅景象一陣子，然後咬住嘴唇，用力走過去，使勁地用右腳踢起白雪。

頂樓因潮濕而變黑的水泥露出一塊，看起來就像小時候在柏油路上跌倒、皮膚擦破而滲出血的膝蓋般，感覺好像很痛。

（可惡、可惡！）詩織在心中如此吶喊，一再踢頂樓上的雪。即使絆到、跌倒，她仍繼續猛踢。

太陽西沉，頂樓剩下一點點的白雪開始染成橘色，她仍舊沒有停止和雪格鬥。

（腳趾的感覺總算恢復了。）

詩織泡在浴缸裡，伸縮著冰凍的腳趾。冷到骨頭裡的身體似乎也逐漸舒緩了。

浴室和平常一樣安靜。然而與這樣的靜寂相反的，詩織的內心卻比剛剛在頂樓發飆時更加激烈地動盪。她把肩膀以下泡在熱水裡，雙眼注視前方的一點，嘴巴緊閉，忍受心中的不安。

她已經不再潛入熱水裡。

接近黎明時，詩織走出房間，前往望月的房間。和平常不一樣的是，她緩慢地一級級走下階梯。

房間裡的燈沒有打開。

門把微微閃爍著金色光芒。她伸手握住門把，感覺到金屬的冰冷，有一瞬間幾乎失去勇氣，不過她並沒有放開門把。門沒有上鎖。她安靜地打開門進入裡面。走廊上的燈光從門的縫隙間湧入房裡，室內有一瞬間朦朧地浮現在黑暗中。

望月似乎在床上睡覺。

詩織直接走到平時總是從窗外看到的窗邊書桌。她伸出食指觸摸桌面，感覺到木頭柔軟的觸感。當她的眼睛習慣黑暗，就看到桌上有一本書。封面的藍色有一半融入黑暗中。她翻開封面，但沒辦法閱讀文字。房間裡有一陣子只聽到翻書的聲音。

這時她聽到「喀噠」的聲音，房間的燈亮了。

詩織回頭，看到床上的望月抬起上半身，剛剛打開了檯燈。

詩織「啪」一聲闔上書。望月默默地起來，坐在床上面對她。

「你要離開了吧？」詩織沒有看望月的眼睛問。

望月默默地看著她。

「你要做出選擇了吧？我知道，你要選擇跟那個人的回憶，對不對？」

望月的臉處在陰影中，因此詩織不知道他此刻的表情是什麼樣子。

「我為什麼要幫助那種事發生？真是笨蛋。」

兩人之間陷入很長的沉默。首先打破沉默的是望月。

「我當時拚命地在自己心中尋找幸福的回憶。後來過了五十年，昨天我首度了解到，自己也曾參與過他人的幸福。這是很美好的發現。」

望月以平靜但確實的口吻說話。與其說是對詩織說，不如說是對自己說。

「妳有一天一定也會遇到那樣的時刻。」

此時詩織首度直視望月，說：「我不要選擇。選擇之後，就得忘記在這裡的一切。所以我不會選擇。」

她話中的情感不是憤怒或悲傷，而是充滿堅強的意志。

「詩織。」望月平靜地呼喚她的名字。「我之所以能夠產生那樣的想法，是因為在這裡的生活，還有與各種人相逢、道別的結果。所以我絕對不會忘記這裡的一切。」

窗外的天空逐漸泛白。

詩織看著變幻為藍白色、彷彿剛剛得到生命般閃耀的四方形窗戶。光芒看起來模糊而扭曲，應該不是因為窗玻璃太舊的關係。

中庭瀰漫著薄薄的晨霧，宛若一度落到地面的積雪想要再度回到空中，因而從地面升起，屏息等待載走自己的風吹來。

星期日　Resolution　決心

職員聚集到中村的房間。

中村、杉江、川嶋——沒有看到詩織的身影。他們圍繞著坐在沙發上的望月站著。

「昨天的攝影棚？」川嶋反問望月。

「是的。我昨天坐在攝影棚的公園長椅上，首度能夠以幸福的心情回想自己的人生。這件事讓我感到很開心。」

望月的表情很溫和，聲音也沁入人心。

川嶋似乎無法理解望月的話，不過杉江聽到這句話，就露出會心的笑容。望月看著杉江的表情，心懷感謝地稍稍點頭。

「這樣啊……我知道了。我擔任所長這麼久，還是第一次碰到有人選擇在這裡的時間。好吧，就當作特例予以承認吧。」

中村說完，湊向望月的臉，以平常的笑容說：「恭喜你。太好了。」

「造成大家的困擾了。」望月向大家鞠躬。

「不用在意這種事。真的太好了。」川嶋說完對他笑了笑。

「選擇昨天使用的長椅，還真是省錢。」杉江摟著川嶋的肩膀說。「不過想到下週就只有這傢伙跟我一起面談，心情就會有點沉重。」

大家聽到這句話都相視而笑。

「那麼各位，開始準備拍攝吧。」

中村說完站起來，大家也一起前往攝影棚。

平常假日應該沒人在的攝影棚裡，聚集了拍片的工作人員。大家紛紛和望月握手惜別，不過還是祝福他選出回憶。

望月坐在跟昨天一樣的攝影棚的長椅。攝影機架設好之後，工作人員排列在周圍看著望月。詩織沒有進入拍攝的圈子裡，只從攝影棚的角落遠遠地看著他們。

川嶋和杉江發現她，便對她揮手。杉江又擺出有點兇狠的表情，詩織只好走過去。兩人挪向左右兩側，空出給她站的位子。

杉江用雙手按住詩織的肩膀，像是在說「仔細看好」。

「正式拍攝！」在喊聲之後，底片就開始轉動。

詩織聽著底片轉動的聲音，屏住氣凝視望月。

中村、川嶋、詩織、望月還有杉江五人排成一列，坐在試映室中央。

不同於昨天眾多死者聚集在一起時的熱鬧，空蕩蕩的試映室感覺有些寂寞。

詩織完全無法去看坐在旁邊的望月。

（我得說些道別的話才行。）

她雖然這麼想，但卻不知道應該說什麼，只能用生氣的表情注視著白色的螢幕。

她感覺到自己的左肩邊緣微微接觸到望月的右肩邊緣，內心更加緊張。她擔心自己劇烈的心跳聲會透過肩膀傳遞給望月。

這時望月的肩膀稍微動了一下。詩織知道他把臉朝向自己。

「那本推理小說我只讀到一半。我把那本書送給妳，妳可以代替我讀完嗎？等妳讀完《世界大百科》之後就行了。」

詩織轉頭，看到望月的笑臉就在眼前。這是詩織看過最開心的笑臉。

「嗯。」詩織點頭，正要同樣以笑臉說「謝謝」，開始放映的鈴聲就響起。望月的笑容緩緩地融入黑暗中。在變得漆黑的試映室空間內，放映機的聲音開始響起。

映在螢幕上的望月獨自坐在長椅上。在長椅周圍的地面上，星期五拍攝時大家一起灑的落葉被燈光照亮。畫面切換成他的臉部特寫。

俯視下方的望月緩緩抬起頭，看向鏡頭。

詩織覺得自己好像和螢幕中的望月對看，產生奇妙的感覺。

望月的眼中，充滿詩織過去沒有看過的豐富情感。接著在切換到下一個畫面的瞬間，詩織不禁嚇得往後跳。映在螢幕上的是職員們的身影。

實際上當時不在場的中村也在那裡，還有杉江、川嶋，以及彷彿被兩人支撐的詩織。螢幕中的詩織露出生氣的表情，注視著望月。

在他們後方的，是兒島先生拍攝時使用的藍天白雲的美麗布幕。他們的頭上雖然沒有光環，但卻宛若飄浮在藍天與白雲之間的天使。

這就是他選擇的記憶。

詩織沒有眨眼，注視著在望月記憶中的自己。

她覺得好像首度接觸到望月的內心深處。

隨著很大的「喀嗒」聲，影片突然結束，畫面變成全黑。

短短三十秒左右的時間，詩織卻覺得好像有好幾個小時。當她在黑暗中突然回過神來，才發覺剛剛確實接觸到自己左肩的東西消失了。

燈被打開。

望月已經不在她旁邊。

詩織坐在座位上，凝視著跟先前一樣沒有任何畫面的螢幕。不知道是誰從背後拍了兩下她的肩膀。

她不知道應該擺出什麼樣的表情，因此沒有回頭，繼續看著前方。

大家走出試映室，越過中庭回到設施。詩織也跟在最後面。中庭的雪開始有些溶解，鞋底發出「刷、刷」的潮濕聲音。大家或許都在想著剛剛看到的影像，因此沒有人說話。

詩織也在思考。

失去心愛的人是非常難受、非常悲傷的事，但她感覺到的不只這些。她的內心出現很大的洞，不過她也感覺到有東西逐漸流入那個空空的洞裡。她不知道那是什麼，只覺得那東西像沙漏的沙子一樣，靜靜地持續流動，堆積在洞穴當中。

昨天在雪地裡亂踢的皮鞋還沒有完全乾燥，因此她的腳尖從剛剛就變得很冰，不過詩織卻不太感到寒冷。

這天晚上，中村的房間響起下將棋的聲音。

中村和警衛坐在沙發上，正在進行熱戰。

「她怎麼樣？」警衛似乎處於優勢，悠閒地問。

「我也不知道。」被迫防守的中村沒有心思討論這種事。「希望能夠產生好的變化。」他說完把國王逃到角落。

警衛立刻移動棋子，發出很響亮的「啪」的聲音。「將軍抽飛車。」（註14）他說完似乎無法忍耐笑意，玩弄著好幾顆持駒（註15），發出「鏘啷鏘啷」的聲音。

中村苦思片刻，然後突然抬起頭，對警衛說：

「我去上一下廁所。」

他說完才剛站起來，就很誇張地失去平衡，右手為了支撐身體，把棋盤上的棋子「刷刷」地攪亂。

警衛的笑臉僵住，抬起頭看中村說：「你又耍這種古典的花招。」

「別誤會，我不是故意的。」

警衛惋惜地看著棋盤上的棋子。

「我是說真的。」中村一再辯解。

在這之後，兩人之間不知道進行了什麼樣的對話，總之次日星期一晚上，中村又得邀送傳閱板過來的杉江下棋。

14 將軍抽飛車，可在下一步取對方王將（獲勝）或飛車。

15 持駒，在將棋中，取走對方棋子（駒），可作為己方戰力，稱為持駒。

就這樣，和平常不一樣的星期日結束了。

星期一　Refrain 反覆

喀、喀、喀、喀。

叩、叩、叩、叩。

兩組不同的腳步聲，走上朝陽射進來的樓梯。

「庄田老先生講了那麼多玩女人的經驗，結果最後選的竟然是獨生女的結婚典禮，獻花束給父母親的場面。」川嶋一副受不了的樣子說。

「真可愛。」

「一點都不可愛，害我浪費那麼多時間。他講那麼長的前言，只是為了隱藏內心的害羞而已。」川嶋說完，又露出平常友善的笑容。

跟他並肩走路的是詩織。

詩織穿的不是直到昨天都在穿的洋裝，而是女用的深藍色西裝。昨晚中村找她過去，親手把這套衣服交給她。西裝的材質是棉製天鵝絨。詩織很喜歡用手指摩擦就會留下痕跡的感覺，今天早上特地比平常早起，在鏡子前面擺了好幾個姿勢。或許是因為服裝的關係，她今天顯得比平常稍微成熟。

「所以說，老先生看到對方是女孩子，就會更喜歡開黃腔。訣竅是不要露出害羞的樣子。」

「沒問題，不用擔心。」詩織以從容的表情對川嶋笑了笑。

「早安！」

「早安。」

兩人很有活力地進入辦公室。

「早。」杉江今天也是第一個到，已經開始打掃，並且以表示「太晚了」的態度回應。

兩人立刻加入打掃。

詩織今天拿了最討厭的抹布，把雙手放入水桶裡。冷水讓她的雙手逐漸失去知覺。她為了挽回知覺，用力扭轉抹布，然後開始擦自己的桌面。這時她忽然看到望月的桌子。桌上的文件和私人物品都被清空了，只放了一個電話。看到空空的桌面，詩織原本壓抑的感情突然湧上心頭，差點要掉下眼淚。她為了忍住這樣的情緒，滿面怒容地用力擦拭望月的桌子。

「大家早安。」中村像平常一樣很有活力地出現。

「早安。」三人停下手邊的工作，轉向中村。

「上週包括望月在內，總共送走二十二位。這都要歸功於各位的努力。不過很遺憾的是，川嶋負責的伊勢谷因為一些理由，從今天起就要加入各位的行列。他會在川嶋手下當一陣子的助理，請大家多多包容。」

「請多多指教。」其餘三人也鞠躬。尤其是川嶋，一副愧疚的樣子深深彎腰。

「那麼伊勢谷，你也來打聲招呼吧。伊勢谷！」

在中村呼喚之下，伊勢谷走進辦公室。不知是否因為對分配的制服不滿，他把雙手插在口袋裡，緩緩地來到中村旁邊。

「我是伊勢谷友介。我對於回顧過去不是很有興趣。還有，我對這裡的制度也有些疑問，那就是……」

杉江聽到這裡，笑著走近伊勢谷，把抹布塞到他插在口袋的手裡。「先來打掃吧。」

「來，打掃打掃！」川嶋也這麼說，然後重新開始擦桌子。

中村笑著拍拍伊勢谷的肩膀，走出辦公室。伊勢谷似乎還有話要說，拿著抹布站在原地好一陣子，不過看到大家都回頭打掃，只好無奈地在詩織旁邊開始擦桌子。

詩織一邊擦桌子、一邊對冰冷而帶有灰塵氣味的抹布感到受不了，斜眼看著新人，決定明天開始還是要拿拖把。

就這樣，和平常一樣的一週又開始了。

詩織走出辦公室，雙手把文件抱在胸前走路。她抱著的文件當中，也有望月給她的推理小說。她獨自走向面談室，停在上週和望月一起抬頭看月亮的走廊，仰望天花板。隔著天窗可以看到四方形的藍天，宛若剪下色紙貼上去的一樣。

「好！」

她發出打氣的聲音之後，重新抱好文件，再度走在走廊上。

這時告知死者來臨的鐘聲響徹館內。

「請進入這裡。呃，宮原先生，請選出三十五年人生當中，最重要的回憶。」

詩織坐在面談室的椅子上，結結巴巴地反覆練習。當她獨自走進房間裡，剛剛的活力就消散了，不安與緊張頓時湧上心頭。她感覺到腳趾在鞋子裡縮起來。

「今天是星期一，後天的星期三是期限……期限是星期三。」

眼前的椅子似乎迫不及待地在等候死者來臨。

詩織把自己的椅子稍微挪向前面，重新坐好。

「這裡的職員會盡可能重現各位選擇的回憶。我是負責接洽您的里中詩織。」

她停頓好幾次，總算說到這裡之後，似乎稍微冷靜下來了。

融化的殘雪散射朝日的陽光，使得光線像動物般在牆壁上滑行。詩織覺得這樣的景象很美。

咚咚。

硬邦邦的敲門聲迴盪在面談室內。

詩織轉向門口，深深吸了一口氣。

後記

《小說 下一站，天國》雖然是以同名電影為基礎，不過並不是單純地將影像轉變為文字。這本小說並不是在腳本上進行補充而擴張的故事。這次我想要做的，不是將影像固定在印刷品中，而是把以電影形式擴張的《下一站，天國》主題，進一步解放到文字這樣的領域。也因此，希望各位讀者能夠將這本小說當作獨立的作品。

以往在製作電視紀錄片時，我會將採訪對象當成第二人稱或第三人稱來描述，盡量避免踏入對方內心投射感情、利用第一人稱來敘述心境。也就是說，「你不是我」的認知是我呈現作品的基本態度。就如攝影機與拍攝對象必須保持一定距離才能對焦，在底片上形成影像。我認為這就是描述他人的做法。

相對地，虛構故事則能夠將視角自由地跨入作品人物的內面。光是描寫內心，也能寫出一本書。也就是說，我認為虛構故事這種類別的特點，就是包含「你就是我」的上帝視角的敘事自由。懸疑片與恐怖片往往會讓觀眾的視角與被害人的第一人稱重疊，建立虛構故事的恐怖性，也證明這樣的論點。

不過我即使在拍攝虛構故事的類別時，也會盡量避免心理描寫。我不確定現階段這樣的做法有多成功，不過我在呈現的概念，就是要以紀錄片的手法來拍攝虛構故事。我認為這是我自行摸索「描述人類行為」的電影獨創性時，採取的第一步。

寫這本小說時，我暫時放下這樣的枷鎖，隨心所欲地踏入書中人物的內心，進行心理描寫。這是新鮮而愉快的方式，不過也讓我覺得像是危險而具有魅力的毒品。我之所以把如此理所當然的事情寫在這裡，是因為我這次首度投入小說寫作，體驗到的差異超越影像與文字差異，而屬於紀錄與虛構兩種作品描述的態度（stance，而不是類別 genre）差異。對於我今後的創作活動來說，應該是很大的收穫。

我在腦中描繪的一個主題，能夠成為電影作品這樣的具體形式，這次又透過小說形式得到新生命，要感謝許多人的協助與付出。在〈後記〉寫下協助者的名字及感謝的話語，感覺太過理所當然，所以我一開始原本想要避免，不過在完稿之後，我還是深刻感受到一定要寫出支持自己、鼓勵自己的人名的作者心情。

首先要感謝為我笨拙的腳本提供自己的血肉之軀、替人物注入生命的 ARATA、小田繪梨花等所有演員。透過他們的肉體，這些人物在原稿上得到更生動的形象。另外還有在作品中以死者身分演出、講述自己回憶的一般人。如果沒有大家的協助，《下一站，天國》就會失去很大的魅力。

另外也要感謝採訪老人院與巢鴨高岩寺一帶、負責調查「如果只能選一個回憶要選什麼？」的演出部、製作部年輕工作人員。多達五百人的採訪對象，無庸置疑地擴大了作品的真實性。

我要感謝的人還有：攝影師山崎裕和所有技術人員，不論是面對演員或一般人，都能注視並引導出他們的感情；磯見俊裕、郡司英雄等美術人員，不止擔任工作人員，也在電影中演出設施職員；負責服裝的山本康一郎、和子夫妻，為到達天國前的七天這種虛構空間與時間增添真實感；還有作曲、演奏美妙樂曲的笠松泰洋，我深信就是那首曲子讓雪下成功的；負責靜態攝影的鋤田正義，每一天都來探視拍攝現場，並溫暖地守護一切；繼《幻之光》之後再度擔任副導演的高橋巖，現場和睦的氣氛，有很大一部分要歸功於高橋的人格。

包括這本書的裝訂在內、負責《下一站，天國》所有廣告美術設計的葛西薰與岸良真奈美，以及SUN-AD的所有人；從擬定企劃到完成期間，給予我強力支持的安田匡裕、重延浩與Engine Film、TV Man Union所有人；更重要的是從製作電視紀錄片時代到這次寫作小說的將近七年當中，陪伴我任性的創作過程、持續給我寶貴建議的製作人佐藤志保；還有這次力促我寫這本小說，並爽快（？）接受屢次修稿的早川書房三好秀英及校對的關佳彥；另外還有眾多相關人士，在此要借用這個篇幅來表達謝意。真的非常感謝大家。

還有不能忘記的，就是作為電影拍攝場景的月島水產試驗場遺跡。即將被拆除的這座設施刻印在自身上的七十年歲月痕跡，在寫小說時給了我許多靈感。

最後——

《下一站，天國》這部作品中，也反映了我父母親的身影。他們並不是其中某個角色，而是我在這本小說中，放入了我對於兩人生長的時代，以及今後要度過的時間抱持的想法。有時是共鳴，有時則是低調的願望。另外，這部作品中也反映了我自己從事十二年影像製作工作的身影。在拍攝現場感受到的煩惱、發現、喜悅……這些我自己的喜怒哀樂，也放進了這部作品當中。

我離開雙親生活，已經有十年的時間。希望他們能夠藉由閱讀這本書，稍微填補彼此很少共享的這十年空白——這是身為兒子的我任性的願望。

一九九九年二月十六日

是枝裕和

電影卡司一覽

〔職員〕

望月隆——ARATA

里中詩織——小田繪梨花

川嶋悟——寺島進

杉江卓郎——內藤剛志

中村健之助——谷啟

警衛——橫山AKIO

等候室職員——木村多江

櫃檯職員——平岩友美

廚師——山口美也子

〔死者〕

庄田義助——由利徹

西村喜代——原HISA子

天野信子——白川和子
伊勢谷友介——伊勢谷友介
吉本香奈——吉野紗香
山本修司——志賀廣太郎
渡邊一朗——內藤武敏
渡邊一朗（學生時代）——阿部SADAO
塚本京子——香川京子（特別演出）
塚本京子（學生時代）——石堂夏央

荒木一二
遠藤邦生
大熊Michi
奧野真一郎
金子良隆
郡與彌
兒島真顯

早乙女（舊姓金）桂玉
高橋輝政
高松知江
多多羅君子
野本俊雄
平川奈奈江
文堂太郎

〔臨時演員〕
相澤虎之助
秋枝龍正
磯見光里
磯見友里
碓井南
柏山剛毅
木村達男

小堂遙
後藤勝
篠崎誠
田中一郎
中川孝
西村卓也
萩原雅行
羽田一之
真下KAORU

電影工作人員一覽

攝影／山崎裕
燈光／佐藤讓
錄音／瀧澤修
美術／磯見俊裕、郡司英雄

音樂／笠松泰洋
攝影（重現）／鋤田正義
燈光（重現）／中村茂樹
後製顧問／掛須秀一
副導演／高橋巖
製作負責人／白石治
演出助手／淺也直廣、西川美和、金貞鎰
攝影助手／豬本雅三、橋本彩子
攝影助手（重現）／服部徹夫、石崎智之、田口健一
燈光助手／河野賢、松井孝行
燈光助手（重現）／川內次郎、長濱彰、河上雅之、菅田新、伊地知新
錄音助手／伊藤裕規、西山徹、渡邊真司
美術助手／林千奈、北岡康宏、大野直宏、三松KEIKO、須坂文昭
造型／山本康一郎、山本和子
服裝／青木茂
髮型化妝／酒井夢月

靜態攝影／鋤田正義、田中宏幸、Mike 野上
音響效果／柴崎憲治
AVID 編輯／今井剛
底片編輯／船見康惠
編輯助手／小川真理子、大竹彌生、小林容子
時間／三橋雅之
光學／金子鐵男
廣告美術／葛西薰
製作進行／湊谷恭史
製作輔助／福井綾、川崎彰子
製作聯絡人／深水真紀子
車輛／堀勝行、東野光展、小谷徹
外部聯絡／外山好美、大野留美、淺井櫻子
採訪／中村裕、光吉孝浩、田代由卯花
攝影支援／池內義浩
美術支援／林田裕至、禪州幸久、足立努、仲前智治、山本浩資、安宅紀史、西

村卓也、曾根邦子、赤松美佐紀、木村真之、今井MISA

總製作人／重延浩

企劃／安田匡裕

製作人／佐藤志保、秋枝正幸

導演、劇本、編輯／是枝裕和

製作協助／IMAGICA

製作、發行／TV MAN UNION、ENGINEFILM

一九九八年／日本／彩色／歐洲VISTA／一小時五十八分鐘

嬉文化

小說 下一站，天國
（原名：小説ワンダフルライフ）

作者／是枝裕和　譯者／黃涓芳
榮譽發行人／黃鎮隆
執行長／陳君平
協理／洪琇菁
執行編輯／呂尚燁　國際版權／黃令歡、梁名儀
企劃宣傳／楊玉如、洪國瑋、施語宸　美術編輯／方品舒
發行／英屬蓋曼群島商家庭傳媒股份有限公司城邦分公司　尖端出版
台北市中山區民生東路二段一四一號十樓
電話：（〇二）二五〇〇－七六〇〇（代表號）
傳真：（〇二）二五〇〇－一九七九
中彰投以北經銷（含宜花東）／楨彥有限公司
電話：（〇二）八九一九－三三六九
傳真：（〇二）八九一四－五五二四
雲嘉經銷／威信圖書有限公司　嘉義公司
電話：（〇五）二三三－三八五二
傳真：（〇五）二三三－三八六三
南部經銷／威信圖書有限公司　高雄公司
電話：（〇七）三七三－〇〇七九
傳真：（〇七）三七三－〇〇八七
香港總經銷／城邦（香港）出版集團有限公司
香港灣仔駱克道193號東超商業中心1樓
電話：（八五二）二五〇八－六二三一
傳真：（八五二）二五七八－九三三七
E-mail：hkcite@biznetvigator.com
馬新經銷／城邦（馬新）出版集團　Cite(M)Sdn.Bhd.
E-mail：Cite@cite.com.my
法律顧問／王子文律師　元禾法律事務所
台北市羅斯福路三段三十七號十五樓
二〇二二年六月一版一刷

■中文版■

郵購注意事項：
1. 填妥劃撥單資料：帳號：50003021戶名：英屬蓋曼群島商家庭傳媒（股）公司城邦分公司。2. 通信欄內註明訂購書名與冊數。3. 劃撥金額低於500元，請加附掛號郵資50元。如劃撥日起 10～14日，仍未收到書時，請洽劃撥組。劃撥專線TEL：(03) 312-4212 ・ FAX：(03) 322-4621。E-mail：marketing@spp.com.tw

國家圖書館出版品預行編目資料

小說 下一站，天國／
是枝裕和著 ； 黃涓芳譯 . --初版.
--臺北市：尖端出版, 2022.06
面 ； 公分. --(嬉文化)
譯自: 小説ワンダフルライフ
ISBN 978-626-316-801-5(平裝)

861.57 111003623

人死後，在天堂入口會被要求：
「請你從自己的人生當中，
選出一個最重要的回憶。」

人死後，在天堂入口會被要求：

「請你從自己的人生當中，選出一個最重要的回憶。」

在前往天堂前的七天內，死者會被迫選擇人生當中最美好的回憶，
由職員將它重現並拍成電影，然後在最後一天舉辦電影放映會。
在這段期間，死者會重新回顧自己的一生；
有時沉浸在懷念的心情當中，有時則感到後悔；
在百般苦思之後，最終的選擇是……

本書由導演是枝裕和親自改寫為小說版！

ISBN 978-626-31-6801-5
00320
9 786263 168015
尖端出版 http://www.spp.com.tw
cite城邦
[閱讀尖端 樂趣無限]
尖端書碼：7G000127 陳列區：小說區 NT$320 HK$.107